단테처럼 여행하기

단테처럼 여행하기

초판 1쇄 발행 2015년 7월 30일
초판 3쇄 발행 2015년 12월 29일

지은이 전규태
펴낸이 정중모
펴낸곳 도서출판 열림원

등록 1980년 5월 19일(제406-2000-000204호)
주소 경기도 파주시 회동길 121(문발동)
전화 031-955-0700 | 팩스 031-955-0661~2
홈페이지 www.yolimwon.com | 이메일 editor@yolimwon.com

© 전규태, 2015

ISBN 978-89-7063-874-4 03810

이 도서의 국립중앙도서관 출판예정도서목록(CIP)은 서지정보유통지원시스템 홈페이지(http://
seoji.nl.go.kr)와 국가자료공동목록시스템(http://www.nl.go.kr/kolisnet)에서 이용하실 수 있습
니다.(CIP제어번호: CIP2015019490)

단테처럼 여행하기

전규태 산문집

열림원

단테가 베아트리체를 찾아 떠나듯이
다시는 돌아올 수 없을지도 모를
긴 여행길에 나섰다.

존재라는 것에 대한 경이로움

나의 여행은 조금 독특하게 시작되었다. 시한부 인생을 선고받고 주치의의 권고를 좇아 멀리 길을 떠났다. 아픔을 딛고 긴 여행길에 나섰을 때 몸이 나에게 말을 걸어왔다. 나를 떠나 새로운 나를 찾아가라고.

유서를 쓰는 심정으로 붓을 들었으나 단 한 줄도 끄적이지 못했다. 말 못할 사정까지 더해져 정처 없이 떠돌다 호주의 깊은 산골에 둥지를 틀고 십여 년을 칩거했다.

묻힐 곳이라도 장만하려고 잠시 귀국한 사이에 내가 살던 호주의 산에 큰 산불이 일어났다. 사백칠십여 명이 화장되었다. 마지막 남은 재산까지 소실되어 어쩔 수 없이 고국에 남게 되었다. 처음과 끝이 버무려진 것 같기도 하고 처음도 끝도 없는 것 같기도 한 종잡을 수 없는 심정이었다.

길 위에서 내가 간절히 만나고 싶었던 것은 다름 아닌 또 하나의 나였다. 또 하나의 나, 또 하나의 인생을 확인하고 싶었다.

사르트르가 말했듯이 '인간은 마음먹기에 따라 스스로를 재창조할 수 있는 존재'라 믿으며 길 위에서 '잃어가는 나'와 '잃어버린 너'를 되찾고 싶었다. 그 강렬한 그리움이 나를 살아남게 했는지도 모르겠다.

기존의 방식이 나에게 죽음을 선고했으므로, 살기 위해 새로운 방식을 찾기로 마음먹었다. 여행을 하거나 사랑을 하는 일은 사람이면 누구나 하는 행위이지만 많은 이들이 기존의 방식을 되풀이할 뿐 새로운 방식을 찾으려 하지는 않는다. 그러나 남들이 해온 대로 되풀이하는 화가나 시인은 화공이고 문필가일 뿐 참다운 의미의 예술가가 아니듯이, 누구나 하는 대로의 방식을 넘어 새로움을 찾아야 창조적인 마음을 지녔다고 할 수 있을 것이다.

홀로 긴 여행에 나서본 적이 있다면, 잃어버린 사랑을 그리워해본 적이 있다면, 스스로를 사랑해본 적이 있다면, 존재하는 것에 대해 경이로움을 느껴본 적이 있다면, 선홍빛으로 피어난 꽃 앞에 넋 놓고 서 있어본 적이 있다면, 그 순간 꼭 짚어 설명할 수 없는 무엇인가가 그 사람에게는 이미 일어나고 있는 것이다.

견문기에 그치지 않는, 삶에 대한 철학을 담을 수 있는 여행기를 쓰고 싶었다. 이 책 한 권에 끝나지 않고 목숨이 다할 때까지 작업을 계속하고 싶다.

여기에 실린 그림은 길 위에서 그린 것이다. 그리다 만 것 같은 어쭙잖은 그림이지만 누군가에게는 의미가 되기를 바란다.

여행의 소득은 전혀 알거나 보지 못했던 것을 처음으로 보게 되는 것이 아니라, 이미 있다고 여겼던 것에 대해 경이로움을 느끼고 새로 고쳐보는 데 있다. '어디로 가느냐'는 물음은 '어디에서 왔느냐'는 물음과도 통한다. 과거에 대한 배려는 미래에 대한 배려에서 비롯된다.

나그넷길에서 참으로 자유로운 사람은 인생에 있어서도 자유인이다. 인생 그 자체가 자유이기 때문이다. 그동안의 작은 노력들이 나그네의 새 길에 조금이라도 도움이 되기를 희망한다.

2015년 여름

전규태

차례

1부
죽음 대신 떠난 여행

2부

가장 여행다운 여행

혼자 떠나야 하는
이들에게

지도를 만드는 여행

육이오전쟁으로 폐허가 된 서울을 바라보며 내 나름의 서울 지도를 만들어본 기억이 있다. 깡그리 불타버린 을지로, 충무로, 퇴계로 일대를 바라보는 데 지도회사가 만든 종래의 지도는 아무런 소용이 없었다. 해군본부를 비롯해 군사 요충지, 번화가의 시청, 대기업 빌딩이 깡그리 소실되어 허허로울 뿐이었다. 당시 내게 필요했던 것은 예컨대 불타버린 허허벌판 군데군데 수시로 샘솟는 오아시스라든지 굶주림을 덜어줄 작은 텃밭이었으나 그런 것들은 전혀 찾아볼 수 없었다.

십 대 중반, 아직 철없던 그때에 나는 벌써 여행을 시작한 것인지도 모르겠다. 지도를 지니지 않은, 기존의 지도를 버리고 스스로 세계의 새 지도를 만드는, 그런 여행을 말이다.

세계의 새 지도를 만들어 '너와 내가 하나 되는自他—如' 그런 삶을 새삼스레 누리고 싶어졌다. 일상으로부터 자유로워진 뭔지 모를 떨림을 한껏 누리고 싶어졌다.

숱한 물줄기를 통하여 길어 올린 수액들이 둥지와 가지를 타고 끝내 이토록 무성한 잎새를 피워냈다. 우리들의 가슴에 때론 양각되고 음각된 많은 의미와 언어의 문양들이 잎으로 부활되어 이런 알뜰한 색깔과 모양새로 되살아났다. 그들은 내가 미처 하지 못했던 내 가슴 소리도 그들의 두레박에 담아 뿌리에서 잎으로, 그렇게 쉴 새 없이 실어 날랐다. 그 빛은 소망이요 소중한 생명의 합창이다. 그들의 춤을, 그들의 함성을, 그들의 그리움을, 그들의 환희를 가슴에 색칠하고 싶다.

'삼 개월 시한부 인생'을 용케도 넘기고 오랫동안 해외에서 살아오며 이 세상에선 철저히 잊힌 존재가 되어버렸다. 귀국한 지도 일천하지만, 이제 재기再起의 닻을 올리고 싶다. 지도를 만드는 여행이 다시 시작된 것이다.

1부 죽음 대신 떠난 여행

들국화 여정 旅情

나는 유복자로 태어났다. 선친은 폐결핵 환자인 것을 숨기고 결혼한 뒤 불과 삼 개월 만에 타계했다. 어머니는 너무나 큰 충격 때문에, 또 앞으로 혼자 살아갈 길을 찾기 위해, 어린 나를 외할머니에게 맡기고 일본 유학길에 올랐다.

나는 외할머니의 빈 젖을 빨며 외롭게 자랐다. 어린 내가 어머니 생각으로 울먹일 때면 외할머니는 옛날이야기를 들려주거나 동요와 아리랑 같은 민요를 구성지게 불러주었다. 그리고 나를 데리고 곧잘 여행을 다녔다. 지금 생각해보면 그런 것들이 무의식중에 내 정서에 커다란 영향을 미친 것 같다. 어렸을 때부터 노래와 여행을 좋아한 것도 그런 영향 때문일 것이다.

외할머니의 역마살은 유별나게 겨울이면 도지곤 했다. 하다못해 들국화 흐드러진 외가의 선산이라도 다녀와야 직성이 풀렸다. 거동이 불편해진 다음에는 애써 집 가까이에 있는 간이역에라도 가까스로 걸어가 텅 빈 대합실에 하염없이 앉아 있곤 했다.

기약 없는 여행을 준비하던 중에 문득 무료해져 나도 모르게 집 근처 간이역으로 발길이 갔다. 기차가 서지 않는 간이역 바로 옆에 옛 고향집을 닮은 외딴 기와집이 있었다. 저녁 노을빛에 어룽져 희게 여윈 용마루, 첩첩이 묵은 기와. 그 아담한 고향집 같은 고옥을 딛고 들국화가 흐드러지게 피어 있었다. '할매!' 하고 부르면 미닫이를 열고 떠나간 외할머니가 달려올 것만 같았다.

열두 살, 다롄의 순환전차

어머니는 의상디자인을 전공했다. 어머니가 일제 말기에 일본 관동군의 촉탁으로 만주 관동주 다롄大連에 징용된 사실을 소학교 3학년 때 들었다. 외할머니에게 어머니를 만나러 가게 해달라고 끈질기게 졸라댄 끝에 나는 혼자서 '엄마 찾아 삼천 리' 길을 떠났다. 내 나이 열두 살 때였다.

어머니의 직장, 나의 집 주소, 전화번호 등과 길 안내를 부탁하는 글을 병기한 큼지막한 표를 목에 건 뒤 '히카리' 급행 열차를 타고 기나긴 여행길에 올랐다. 여담이지만 여행에 대한 내 나름의 자신감은 이때 싹튼 것 같다.

다롄에서 눈물의 모자 상봉을 한 뒤에 한 철 동안 어머니

곁에 머물렀다. 어머니의 거처는 다롄 충령탑 근처 번화가였는데, 다롄 제일 부두를 지나 시내를 한 바퀴 도는 순환전차가 집 앞을 지나고 있었다.

타고만 있으면 처음 탔던 자리로 되돌아온다는 얘기를 듣고 나는 반신반의했다. 전차나 기차란 반드시 시발역과 종착역이 있는 것으로만 알던 나로서는 '출발 지점으로 돌아오는' 기차가 몹시도 궁금했다. 정해진 레일 위를 달리는 장난감 기차처럼 여겨지기도 했다.

말도 안 통하는 어린 나는 어른들에게 알리지도 않고 대담하게 혼자서 전차에 올랐다. 과연 전차가 다시 제자리로 돌아오는지 확인하고 싶었다. 문이 닫히고 전차가 역을 떠나자, 나는 기대와 함께 불안한 마음으로 안절부절못했다. 앉아 있질 못하고 줄곧 출입문 앞에 선 채 바깥을 지켜봤다. 낯선 도시의 다양한 풍경이 파노라마처럼 전개되었건만 어느 것 하나 눈에 들어오지 않았다. 손잡이를 꼭 쥔 채 출발점으로 되돌아가기만을 고대했다. 대략 오십 분이 지나자 충령탑이 보였고, 처음 전차를 탔던 플랫폼에 다시 닿았다. 얼마나 반가웠던지! 그때의 감격이 지금도 생생하다.

사실 전차를 타고 시내를 한 바퀴 돌았을 뿐이다. 전차가 제자리로 틀림없이 돌아온다는 사실을 미리 알고 있기도 했다. 그러나 열두 살 나이로는 엄청나게 짜릿한 모험이었다. 훗날 다시 이 전차를 탔지만 그때와 같은 불안이나 기대, 흥분은 전혀 느끼지 못했다. 다시 오른 순환전차는 더 이상 미지未知의 세계가 아니었던 것이다.

이 작은 모험 이후에 무엇인가가 그대로 내 마음속에 박히게 되었다. 조건이 전혀 맞지 않는 상대와 연애하려고 시도를 해본다든지, 제대로 준비도 하지 않고 무작정 여행을 떠난다든지 하는 엉뚱한 일들을 곧잘 저지르곤 했던 것이다. 모든 것이 열두 살, 다롄의 순환전차 위에서 느꼈던 그 '무엇' 때문이다.

Kyoto

부유富裕와 부유浮遊

엄청난 부富를 누리던 스티브 잡스는 췌장암 선고를 받고 돈독한 후견인으로부터 "병을 잊고 하던 일에 최선을 다해 골몰해보라."는 충고를 받았다고 한다. 잡스는 그 후 엄청난 발명을 해 세상의 돈을 끌어모았으나 가장 소중한 목숨을 건지지는 못했다.

내가 같은 병인 췌장암으로 삼 개월의 시한부 인생을 선고받았을 때 주치의는 내게 말했다. "모든 것을 놓아버리고 그동안의 인연과 과감히 결별하고 떠나라." 나는 그 충고에 따라 일상에서 도망쳐 여행길에 나섰다.

떠났다기보다는 도망쳤다는 말이 맞겠다. 이미 파산한 데

다가 가정이 해체되어 기존의 삶을 버릴 수밖에 없었으니 말이다. 어찌되었든 주치의의 말대로 새로운 인연을 찾아 떠난 지 벌써 스무 해. 나는 아직도 살아 있다. 한 사람의 목숨을 살린 것은 그러므로 잡스의 '부유富裕'가 아닌 내가 선택한 '부유浮遊'였던 셈이다.

소박한 기적

'생명'은 그 본체가 '마음'이다. 스스로의 힘으로 '없음'에서 '있음'을, '불가능'에서 '가능'을 만들어낼 수 있다는 것을 나는 체험으로 알았다. 생체 안의 원자를 전환함으로써 몸의 건강을 회복하고 유지해가는 것이 '생명'의 힘이라는 것도 경험했다. 생물은 어떤 조건이나 요소가 갖추어졌을 때 그 조건과 요소, 그리고 환경 등을 활용하여 생체에 꼭 필요한 요소를 만들어낸다. 그러므로 인간은 그 정신상태가 어떠한가에 따라서 생체 안의 원자 전환과정에 변화가 일어날 수 있다. 정상적인 정신상태일 때 행해지는 원자 전환과정에서 미처 예기치 못했던 상황이 일어날 수 있다는 것이다. 즉, 사람의 목숨은 물질영역에 있어서는 '물질의 법칙'에 지배되지만 정신영역에 있어서는 '마음의 법칙'에 의해 다스려진다.

모든 것을 다 놓아버리고 자유로운 마음으로 '부유浮遊'하다가 생체의 '조화'를 되찾게 되었다고, 그렇게 죽음을 삶으로 바꾸었다고 나는 확신한다. 물론 스스로의 힘만으로 치유했다고 거드름을 피우는 것은 아니다. 하느님의 영적인 치유가 절대적이었다고 믿는다. 유교에서는 배움으로, 불교에서는 수행으로, 기독교에서는 믿음으로 치유될 수 있다고 믿는다. '유니버설universal'하게 응축한다면, '내가 믿고 따른 여행'이 죽음에서 나를 되살렸다고 말할 수 있을 것이다.

치유해야 한다, 치유할 수 있다. 이 '믿음' 하나로 화구畵具를 들쳐 메고 여정에 올랐다. 단테가 베아트리체를 찾아 떠나듯이. 다시 돌아올 수 없을지도 모를 긴 여행길에 나서려 할 때, T. T. 문다켈의 책 『소박한 기적』을 내게 내밀면서 위로의 말을 건넨 이가 있었다. 평소 가까이 지내던 시인이었다.

"소박한 기적이 과연 내게 일어날까요?"

나의 맥 빠진 우문에 그녀는 말을 이었다.

"하느님의 사랑이 선생님의 마음 가운데 이미 자리 잡고 있다고 믿으세요. 사랑보다 더 큰 기적은 이 세상에 없답니다."

억지로라도 웃기

췌장암 수술을 받은 후 종말기치료를 받기 위해 바로 일본에 건너갔다. 이른바 '비하라 케어Vihara Care for dying patient'를 받기 위해서였다. 가는 도중 날이 저물어 작은 도시에서 하룻밤을 묵었다. 마침 그곳의 민속박물관에서 토우특별전이 열리고 있었다.

일본은 예로부터 다신교를 믿어왔기 때문에 여러 토속신앙이 잘 전승됐고, 그에 따라 다양한 토우들이 놀랍게도 많이 남아 있다. 내가 적잖이 관심을 뒀던 토우는 '가마도 가미(부엌신)'라는 차광기遮光器 토우였다. 당시 부엌을 만들었던 재료인 진흙과 짚을 버무려 만든 토우는 눈, 코, 입 등이 유난히도 돋보이는 못생긴 사람의 형상이었다. 마치 안경을 쓴 듯 불거져 나온 눈언저리가 기괴하면서도 신묘했다. 웃고 있는 듯한 토우의 얼굴에서 힘의 원천 같은 것이 느껴졌다. 문득 우리나라 처용설화가 떠올랐다. 극한 상황에서 펼쳐지는 원시적인 춤사위, 그 환희가 마음에 닿았다.

항암치료를 위해 주치의는 스트레스, 섹스, 스크린(영화, TV, 인터넷 등) '3S 금기사항'을 일러주었다. 반대로 권장사항도 알려주었는데 그중 웃음을 으뜸으로 꼽았다. 웃음이 만병통치약이라는 것은 익히 알고 있었지만, 억지웃음도 효과가 있는 줄은 몰랐다. 주치의는 웃을 일이 없어도 하루에 열 번 이상 억지로라도 웃어보라고 했다. 그에 의하면 인간은 우스꽝스러운 상황에서만이 아니라 어처구니없거나 잔혹하거나 적나라한 현실에 처했을 때에도 웃게 되는 존재라고 했다. 그런 웃음은 실소失笑나 쓴웃음이 아니겠느냐고 했더니, 그런 웃음 역시 효능은 충분히 있다고 했다.

일찍이 아리스토텔레스는 "동물 중에서 웃는 것은 인간뿐"이라고 했고, 앙리 베르그송은 그 논거를 뒷받침하는 예화를 들면서 "고유한 의미에서 인간적이라는 것을 생략하면 재미있는 것은 없다."면서, 웃음을 인간 고유의 고급스럽고 중요한 것이라고 정의했다. 고해苦海와도 같은 세상사에서 웃음이 무엇보다 중요하다는 것을 마크 트웨인은 다음과 같은 말로 역설했다. "나는 천국에 가고 싶지 않다. 천국에는 지루함이나 괴로움이 없어 그 탈출구인 여행이나 웃음이 존재하지 않기 때문이다." 그러므로 어려운 삶을 딛고 다시 웃음을 회복해야 한다.

나 자신을 즐겁게 하기

어느 병이나 대개 그렇지만 내 경우는 특히 전혀 예상하지 못한 충격적인 사건으로 인해 생긴 암이라 했다. 퇴원할 때 주치의는 몇 가지 금기사항 중에서도 특별히 '스트레스'를 받지 않도록 조심하라고 했다. 스트레스란 대체로 사람, 그중에서도 가까운 사람이 준다면서, 되도록 가족이나 평소 친했던 사람들을 피해 멀리 떠나 스스로를 기쁘게 하도록 애써보라 했다.

이런 처방에 가장 알맞은 방법은 여행이라고 생각했다. 그렇게 떠난 여행 속에서 나는 나 자신을 즐겁게 할 줄 알아야 나의 몸과 영혼을 즐겁게 할 수 있고, 그래야 항체의 면역작

용을 변화시킬 수 있다고 믿기에 이르렀다. 그리고 더 나아가 내가 아닌 외부세계, 다른 사람, 다른 생명체도 사랑하고 즐겁게 할 수 있다면 얼마나 좋을까 하고 생각할 수 있게 되었다.

여행 중에 고마운 사람들에게 초상화라도 그려줘야겠다고 마음먹고 마비된 손으로 드로잉 공부를 시작했다. 손을 사용하여 무언가에 골몰한다는 것은 몰아沒我의 경지에 들어갈 수 있어 그리움과 회한을 잠재우는 데에도 안성맞춤이었다. 무엇보다 마비증세가 있는 내 손이 기뻐한다는 것이 중요했다. 그림을 그리기 시작하면서 손의 마비가 조금씩 풀려갔다. 단순한 손 운동과는 느낌이 달랐다. 습관적으로, 기계적으로 움직이는 것이 아닌 즐거움이 뒤따르는 손놀림은 사람의 생명을 생기 있게 되돌렸다.

여행을 통해 나 자신을 기쁘게 하면서, 명승고적뿐 아니라 오지도 마다 않고 넓은 세상을 만나며 문득문득 살아 있음에 감사하는 마음을 지니게 되었다. 발끝부터 머리카락 한 올까지 내 몸 곳곳에 말을 걸고 격려해주며 감사의 마음을 표현했다.

사랑은 나르시시즘에서 시작된다. 여기서 말하는 나르시시즘은 자기만을 사랑하는 자기 본위의 사랑이 아니다. 자신에 대한 긍정에서 출발하되 자기 과신이 아닌 겸허와 겸손으로 끝나야 한다. 나 역시 나를 객관화해 바라볼 수 있게 되자 남에게도 부드럽고 열린 시선을 보낼 수 있게 되었다.

별의 환상

들판은 그의 서재, 자연은 그의 책이라네.

－레오나르드 블룸필드

어릴 때부터 북적이는 삶의 여항(閭巷)보다는 대자연에 파묻혀 있는 것을 좋아했다. 유·소년기에 병치레를 많이 했고, 소학교 4학년 때엔 뇌수막염을 앓았다. 외할머니와 함께 외딴 시골에 살면서 늘 어머니가 있는 바다 건너 일본을 그리워했다. 그러다 지치면 하늘과 숲의 푸른빛을 오래오래 바라보았다. 혼자서 외진 들길과 산길을 하염없이 걷다가 한참 후에야 집으로 돌아올 때도 많았다.

나는 특히 별이 쏟아질 것만 같은 대자연의 밤을 무척 좋아했다. 별이 하도 총총해서 금방이라도 우수수 쏟아질 것만 같은 밤. 숨이 가빠지며 눈앞이 까마득해진 뒤에 다시 우러러보면, 안대 같다고나 할까, 좀더 정확하게 표현한다면 푸른빛 연막 같다고나 할까……. 그런 환상적인 광경이 어린 나를 매료시키곤 했다. 시시각각 소리를 내는 별은 흐르는 꿈의 파편처럼 반짝이며 나를 엄습해와 내 몸을 훑고 지나가는 듯했다. 별의 환상은 청년기까지 계속되었다.

환상이 나를 덮칠 때면 나는 지그시 눈을 감았다. 그러면 눈 속의 어둠이 금세 밝아지면서 별의 낱알들이 눈사태처럼 무너져 내린다. 그러다 다시 정신이 말똥해지면 손을 휘휘 저어본다. 손바닥이 파르스름하게 물들어간다.

그렇게 나는 여행자가 되어갔다.

풍경으로 눈뜨다

대자연 속에서는 계절의 변화가 더욱 눈에 띈다.

이른 봄이 오면 나뭇가지마다 움이 트기 시작한다. 봄이 선명해지면서 분홍 꽃에 이어 노란 꽃, 빨간 꽃, 보라 꽃 등 형형색색의 꽃들이 흐드러지고, 신록이 짙어지다가 창취하도록 녹음이 우거지면 여름이 온다. 가을이 되면 낙엽이 지고, 겨울이면 가지만 앙상해진다. 때로 하늘이 짙은 잿빛 구름으로 뒤덮이고 눈이 내린다.

이런 대자연의 품에 고즈넉이 잠겨 살았던 어리고 젊었던 시절, 그러나 나는 내가 느낀 감정을 제대로 표현하지 못하다가 삼십 대에 접어들어서야 사진이나 글로 표현할 수 있었다.

　우리나라 숲과 크게 다를 바 없는 독일의 '슈바르츠발트Schwarzwald', 즉 '검은 숲'에서 나는 눈물이 날 정도로 큰 감동을 받았다. 푸른 숲과 어우러진 푸른 하늘이 왜 그렇게 청정해 보였을까. 숲과 산은 어째서 그렇게 살아 숨 쉬고 있는 듯이 느껴졌을까. 그 후부터 나는 내가 만든 풍경개안風景開眼이라는 말을 자랑삼아 곧잘 쓰고 있다.

　나는 투병 중에 아무것도 하지 않고 십 년 남짓 여행하며 그림만 그렸다. 구도나 색채기법, 원근법 등도 전혀 배우지 않았지만 이따금 기성화가도 칭송하는 그림을 그려내기도 했다. 여행으로 '풍경개안'된 덕분이다.

달을 보다

인간은 태어나면서부터 죽을 때까지 고독할 수밖에 없는 존재다. 산수傘壽를 넘기도록 살면서 이 생각에는 변함이 없다. 장소에 따라 환경에 따라, 그리고 사람에 따라 고독의 성질과 모습은 다르다. 하지만 지위의 고하나 재물의 여하에 상관없이 모든 사람이 고독을 맛보게 된다. 고독이 불가피한 것이라면 회피하려 들지만 말고, 살갗 위의 또 하나의 피부로 받아들여 삶을 마칠 때까지 즐길 수 있어야 한다.

죽음이 멀지 않은 환자가 날마다 느끼는 고뇌와 고독은 건강한 사람에게는 도저히 표현할 수 없는 극한의 것이다. 이 고독을 잘 응시한 뒤, 그 특성과 대처법을 찾아내는 수밖에 없다. '절대고독'을 견디지 못하고 허우적거릴 때면 나는 병상을 박차고 으슥한 산길을 도보로 여행하곤 했다.

퇴원할 때였다. 주치의가 "선생님은 기독교 대학의 교수였고 크리스천이지만 외람되게 충고하자면, 한마디로 '출가하는 마음으로' 지내시라"고 내게 말했다. 그 충고가 좀처럼 잊히지 않아 불교계 고승 중의 고승인 석주 대선사를 무턱대고 찾아갔다. 당시 이른바 '훼불사건'이 잦았는데도 스님은 기독교 대학의 교수를 지낸 나를 반가이 맞아주었다. 백 세에 가까운 고령이었으나 스님은 무척 건강해 보였고 늘 '즐거운 듯한' 표정이었다. 하지만 무척이나 과묵했다. 그분의 승방에는 〈不言似無愁〉, 즉 '말을 안 하면 근심이 없다'는 뜻의 족자가 붙어 있었다. 그분에게서 좌선법을 배웠는데, 좌선과 예배를 거듭하니 불과 일주일 만에 몸이 한결 좋아졌다. 스님은 그 밖에도 장수에 도움이 되는 여러 비결을 전해주었다.

스님의 배려로 한 달 남짓 명산에 자리한 암자들을 순례했다. 맨 처음 찾은 곳은 젊은 시절 스님의 기도처였던 상원사의 기도암자였다. 암자에는 암 치료에 효험이 있는 '피톤 치드'가 가득했다. 밤이면 별이 쏟아질 것만 같고 달빛으로 온몸과 마음이 물들 것만 같았던 암자의 밤, 나는 그때 비로소 왜 절의 암자가 도시가 아닌 깊은 산골에 자리를 잡는지 알게 되었다.

상원사에서 암자로 가는 산길은 몹시도 가파르고 숲이 우거져 으스스할 법도 했지만 달빛이 유난히도 밝아 아늑했다. 그 후 세계 도처에서 달을 보았지만 이곳에 비길 만한 곳은 없었다. 실크로드의 한적한 길목에서도, 도나우 강의 연변에서도, 안데스의 잉카 로드에서도 보았지만 상원사 수행길의 달빛에는 견줄 수 없었다. 귀국 후에도 보름날 이 봉정암 산길을 거닐면서 '아! 돌아오길 잘했다!' 하고 탄성을 올리기도 했다.

혼자만의 오솔길에서 홀로 만난 단 하나의 달을 숱한 세계에서 수많은 사람들이 동시에 우러러볼 수 있다는 것은 신비하다. 캄캄한 밤의 허공에 떠 있는 달은 목월이 「나그네」에서 읊조렸듯 '구름에 달 가듯이 가는 나그네'처럼 고독해 보인다. 그러나 달은 죽었다가도 다시 살아나는 '부활'의 상징이다. 새삼 나를 돌아보고 또한 스스로를 되찾게 한다. 어머니 같은 달에 때론 하소연도 하고 싶고 기대고 싶기도 하다. 사람은 태어날 때에도 혼자이고, '죽살이 여행길'에도 혼자이며, 사람들과 함께 살 때도 혼자이다. 죽을 때 함께 떠나줄 이도 없다. 우리는 이러한 숙명을 여행을 통해 직시直視한다.

마음을 따르다

이탈리아로 건너가 아시시라는 마을에 있는 성 프란체스코 사원에서 얼마 동안 묵었다. 이 사원에는 '순종', '정결', '청빈', '침묵'이라는 맹세가 큰 액자에 담겨 예배실마다 붙어 있다. 신에게 받은 진리와 예언은 이렇게 깊숙한 곳에서 침묵하는, 그러니까 명상 속에서 인생을 보내는 이에게만 주어진다는 초대교회의 전통을 실감했다. 일찍이 프란체스코는 가진 것을 깡그리 내놓고 나그넷길에 올라 선교활동에 골몰했다. 당시 영국의 작가 G. K. 체스터턴은 그런 그의 모습을 '신의 유랑하는 나그네'라고 비유했다.

침묵 속의 명상을 뜻하는 '메디테이션meditation'이라는 낱

말은 '약medicine'이라는 말과 맥을 같이한다. 마음이 편안해
야 '씻음'과 '고침'을 받는다는 뜻이리라. 베르테르는 '몸이
란 영혼을 가두는 감옥'이라 여기고 스스로 생을 마감했지
만, 나는 영혼과 육체가 하나임을 믿는다. 몸은 마음이 시키
는 대로 움직이는 '마음의 그릇'이다.

또 하나의 눈

마음이 찾아가고 싶어하는 곳.

－존 밀턴, 『실낙원』

해 질 무렵부터 한밤중까지 아무 소리도 들리지 않는 세
계에서 홀로 등불을 바라보며 나 자신과 시간을 보내는 경우
가 적지 않았다. 그 시간은 고독이라는 피부로 둘러싸인 외
로운 나를 발견하는 순간이었다.

인간은 어머니의 태 안에서부터 고독하다. 자기 팔로 구
부린 두 무릎을 안고 고개를 파묻고 있는 태아의 모습. 그 얼
마나 외로운 모습인가? 그래서인지 우리는 정말 고독할 때

태아의 모습으로 슬퍼한다. 병상에서 나도 모르게 그런 원초적인 모습을 하고 있는 나 자신을 보고 소스라치게 놀라곤 했다.

고독은 우리 마음의 고향이다. 정신분석학자 칼 융은 "자기 주변에 사람이 없기 때문에 고독해지는 것이 아니라, 나에게 매우 중요하다고 여기고 있는 것을 남에게 전할 수 없을 때, 또는 남에게 제대로 받아들여질 수 없는 어떤 관점을 지니고 있을 때 고독해진다."고 했다. "이럴 때면 익숙했던 곳을 떠나야 한다."고 덧붙이기도 했다. 고독감이란 자기 사고방식이 주변 사람들과 다를 때, 남의 사고방식이 납득되지 않을 때 느끼는 감정이며, 그런 때는 그런 주변으로부터 벗어나야 한다.

나는 많은 상처를 입고, 많은 괴로움에 시달렸던 사람을, 그리고 곧잘 나그넷길에 나서곤 하는 사람을 좋아한다. 물론 이런 사람의 인생은 보기에 따라 '낙제인생'일 수도 있다. 하지만 긴 안목으로 보면 축복일 수도 있다. 좌절을 모르고 넉넉하게만 살아온 사람, 한곳에만 죽치고 앉아 자기 나름의 왕국을 마련하고 있는 사람들은 자기 본위의 냉혈인간이 되기 쉽기 때문이다.

이따금 훨훨 털어버리고 새로운 곳을 찾아 떠나면 새롭게 살아갈 수 있는 활력을 나도 모르는 사이에 얻을 수 있다. 혼자 여행할 때면 자기 모습을 '유체遺體 이탈자'의 눈으로 바라보는 '또 하나의 눈'을 갖게 된다. 그 눈으로 보면 나그네의 모습은 얼핏 쓸쓸해 보일 수도 있다. 그러나 신기한 것은, 많이 괴로워하다가 길을 나선 나그네가 어느샌가 여느 사람의 슬픔이나 괴로움을 함께할 수 있는 힘을 갖게 된다는 것이다.

고통의 바다를 건너다

산에 오르는 것도 하나의 여행이다. 등산의 묘미는 산 정상에 도착했을 때의 통쾌함, 그리고 변화무쌍한 도정을 즐기는 데 있다. 이따금 바위에 걸터앉아 숨을 고르며 마시는 커피 한잔의 맛은 뭐라 형언하기 어렵다.

등산로에서 어머니 품처럼 가장 아늑한 곳에는 으레 절이 있다. 청잣빛 푸른 하늘을 이고 좌청룡, 우백호의 산봉우리 밑에 고즈넉이 자리한 절은 아늑하기 그지없다. 푹신한 가슴팍 같은 산봉에는 꿈이 넘치는 가락이 떠돈다. 그래서 옛사람들은 시詩를 절寺의 말言이라고 여겼는지도 모르겠다. 뭉클한 가슴 같은 곳에 서면 어린아이가 되어 그리운 님과 말을 주고받을 수 있어 좋다.

　눈은 산이 쓴 모자요
　숲은 산이 입은 옷이며
　구름은 산이 두른 띠일레라

　개울은 산자락에서 노래 부르고
　볕살은 형형색색 산 옷을 갈아입힌다

　수시로 다채롭게 변하는 자연풍경 앞에 서면 나름의 심미안으로 이런 정경을 법신法身으로 여긴 간절한 신심身心을 온몸으로 느끼게 된다. 안나푸르나에 오를 때도, 수안보 미륵사지를 안고 도는 문경새재의 하늘길에서도 이와 비슷한 감회에 젖곤 했다.

　산은 언제나 그 자리에 그대로 서 있을 따름이다. 누구에게나 너그럽고 따뜻하다. 준초한 산악에도 짙푸른 초원과 꽃나무들이 있고, 아늑한 쉼터가 있다. 산에서 나는 신비로운 무게와 그지없는 위엄과 자애 넘치는 관용을 배웠다. 어떤 비바람이나 눈보라 앞에서도 올연하고 미더운 그 위풍은 언제나 내 삶의 길잡이가 되어준다.

문경새재 하늘길을 오르다가 한 정자에서 땀을 식히고 있을 때 문득 내 눈앞에 다가온 배롱나무가 있었다. 일찍이 배롱나무의 원산지인 멕시코에서 테오티우아칸 피라미드로 가는 길에도 이 나무가 있었다. 콩튀기처럼 터지며 꽃잎을 터뜨린다고 해서 이렇게 이름 붙여진 이 꽃나무는 예부터 '혼을 빼놓는 아름다움'으로 유명했다. 그 여름 문경새재의 배롱나무는 균형 잡힌 좌우대칭의 미학적 구도를 지니고 있는 데다, 그 위에 달린 수많은 꽃봉오리가 누군가의 비유대로 '막 떠오르는 우주선처럼 정중한 타원'을 이루고 있었다.

덤덤할 수도 있는 산행의 여정을 소담한 추억으로 오래 가슴에 남길 수 있다면, 그리고 그런 추억 속에 고즈넉이 누워 쉴 수 있다면, 괴로운 저잣거리도 살아볼 만한 곳이라고 느껴지리라. 나는 이렇게 산사순례로 고통의 바다를 건넜다.

사랑으로 살리다

단테는 베아트리체를 사랑하면서도 고백하지 못하고 떠나보냈다. 괴테도 샤를로테를 사랑하면서도 떠나보냈다. 바이런도 진정 사랑한다면 떠나라고, 떠나보내라고 했다. 누군가의 말대로 '짝사랑은 안전하고 완전하다.' 실연하는 일이 없기 때문이다. 떠나보냄으로써 오히려 불후의 명작인 『신곡』과 『젊은 베르테르의 슬픔』, 그 밖의 주옥같은 낭만시가 탄생한 것이다.

사랑하면 집착하게 되고, 집착하게 되면 독점욕이 생긴다. 이 세상 모든 것처럼 사람의 마음 또한 무상하다. 먼발치에서 보았던 것과는 달리 가까이 살다보면 처음의 이미지와 다를 수도 있다. 그런 '반칙'에 따라 괴로움이 탄생한다. 사랑에는 도취나 행복과 함께 고뇌도 깃들어 있게 마련임을 앞서 말한 명작들이 웅변해주고 있다.

나는 가혹한 병마로 말미암아 남자다움을 잃었다. 하지만 주치의는 《플레이보이》나 《펜트하우스》를 자주 들척거리라고 했다. 여행을 떠날 때에도 단테나 괴테처럼 사랑을 생각하며 여행하라고 했다. 생각해보면 본능의 소중함을 일깨워준 조언이었다. 이런 본능충족은 '엔돌핀'보다 한결 더 강한 '다이돌핀', '세라토닌'이라는 의학적인 효과로 증명된 바 있다.

사랑의 이미지네이션. '이미지네이션'이라고 하면 상상이나 허구를 연상하기 쉽지만, 이는 상대에 대한 배려와 연민과 다르지 않다. 한자 '性'은 '마음心'과 '삶生'의 합성어다. 즉, 사람의 마음을 살리고, 마음으로 사랑해야 진실한 삶이 가능하며, 마음을 낳게 된다는, 매우 의미심장한 회의會意문자이다. 잃어버린 사랑을 찾아 떠나는 여행은 사랑하는 마음을 살리는 것, 사랑하는 마음으로 살아가는 힘을 길러주는 것과 다르지 않다.

사랑, 죽음, 여행

솔직히 고백하자면 나는 젊은 시절에 연애 한번 제대로 못 해봤다. 못 해봤다기보다 안 했다. 이십 대 후반에 모교 교수로 뽑히는 행운을 얻었으니 이 영예를 누리기 위해 잡음 없는 삶을 살아야겠다 다짐했다. 부임한 지 삼 년 만에 문과 대 교수가 여자문제로 퇴직하는 불상사를 보면서 그런 생각 은 더욱 굳어졌다. 그래서 기회가 있을 때마다 외국 대학의 교환교수직을 자원했다.

물론 짝사랑은 해보았다. 사랑을 이룰 수 없는 여건 때문 에 고민도 하고 죽음도 생각해보았다. 사랑과 죽음은 동전의 양면과 같아서 죽음의 그림자도 사랑의 빛으로 밝힐 수 있다. 인간은 사랑과 죽음, 그리고 여행을 통해서 살아 있음을 확인하고 실감한다고, 나는 감히 말할 수 있다.

햇빛이 반짝이며 내 어깨 위에 내려앉듯이, 봄날 오후 수많은 꽃잎들이 하늘을 덮고 흩날리면서 쏟아지듯이, 단테나 릴케의 사랑 노래처럼 그렇게, 짝사랑은 내게로 왔다. 무엇이라고 꼬집어 구체적으로 설명할 수는 없지만, 마치 오래 헤어져 있던 육친을 만난 것 같다고나 할까. 잃어버렸던 내 일부를 찾아낸 것 같은 안도감이 나의 가슴을 짐짓 밀고 올라와 알 수 없는 그윽한 충족감으로 나를 자못 설레게 했다. 이성으로 거부할 수 없는 어떤 힘, 강한 의지로도 어쩌지 못하는 어떤 운명 같은 것이 조금씩 나를 해체시키면서 조용히 무너뜨리기 시작하는 것을 새삼 느꼈다. 그때의 마음을 떠올리며 이루지 못한 사랑을 길 너머에서 애써 이루어보려 했다.

삶이 멜로디라면 사랑은 리듬이며, 죽음은 축제를 위한 취주악이다. 사랑, 죽음, 그리고 여행은 헌 옷을 벗고 새 옷으로 갈아입어 다시 태어나는 축복이며 축제이고 은총이다. 인생은 고통과 죽음의 바다이지만 사랑과 여행으로 이를 메울 수 있다. 그런 사랑, 그런 여행은 죽을 것만 같은 시련 끝에 온다. 그리고 혼자만의 외로움을 통과해 새로운 눈을 갖게 되어야만 여행은 비로소 마침표를 찍는다.

혼자 여행하고 사랑하고 죽는다는 것은 외롭고도 괴로운 일이다. 기적적으로 양방통행이 이루어진다 해도 그것은 일시적일 수밖에 없음을 인정해야 삶은 여유로울 수 있다.

사랑, 죽음, 여행, 이 세 가지는 피하려야 피할 수 없는, 어쩌지 못하는 것임을 겸허히 받아들여야 한다. 한 번뿐인 삶을 위해서.

메리다의 밤

　요기妖氣가 맴도는 듯 짙푸른 멕시코 유카탄 반도의 햇살
이 새하얀 집들의 벽면에 반사된다. 마야의 신화같이 신비롭
고 눈부시다. 집도 사람도 하얗고 햇살마저 하얀, 온통 흰빛
투성이의 메리다는 매혹의 도시이다. 마야의 황혼기에 잉태
된 이 도시의 교회로 발걸음을 옮기면 곧게 뻗은 도로 양쪽
에 에네켄 나무가 줄지어 늘어서 있다. 유카탄 반도가 버뮤
다 마魔의 삼각지대를 눈앞에 두고 있어서 그런지 끝간데를
모르고 펼쳐진 이 길은 마치 하늘로 통하는 회로처럼 아스라
하다.

　1970년대에 하버드대 인류학연구실에 몸담고 있을 무렵,

나는 팔렌케 유적 답사차 몇 차례 이곳을 다녀갔다. 한번 들르면 몇 달씩 머물다 갔기 때문에 가까이 지내는 사람도 많았다. 잊지 못할 사람들 가운데 늘 생각나는 여인이 있다. 여행사에서 일하던 혼혈의 마리아 팀장. 정이 많고 감수성과 포용력이 풍부한 나무랄 데 없는 사람이었다. 본의 아니게 남을 조금이라도 언짢게 하면 스스로 상처를 입는 것처럼 괴로워하던 여리디여린 사람. 그런데 업계에서 그녀는 몹시 냉담한 꼼꼼쟁이로 알려져 있었다.

감수성이 예민한 사람은 상처받기 일쑤다. 그리고 곧 불안해하곤 한다. 마리아는 정이 넘치는 천성을 지닌 데다 업계에서 어렵게 지냈기 때문에 자기만 한 애정의 함량이 되지 않는 사람을 만나면 어쩐지 허전하다고 했다. 그녀는 늘 넘쳐나는 애정에 풍덩 빠져 허우적거리고 있었다. 그런 자기를 이해해주는 사람이 없어 고독의 심연 속으로 점점 빠져들며 괴로워하고 있었다. 그런데 우연히 하버드라는 명문대 소속에, 백인이 아닌 동족 몽골로이드의 피(그녀는 이를 확신하고 있었다)를 이어받은 나를 만났으니 그녀가 무척 반가워한 것은 당연했다. 그녀는 나와 친구가 되고 싶어했다.

　그녀와 가까워지면서 나는 그녀를 흔한 이름인 마리아 대신에 '마야'라고 불렀다. 남녀사이란 자주 만나면 정이 드는 법이다. 또한 남녀란 가까워지면 자기가 원하는 대로 상대방이 해주기를 기대하게 된다. 그러나 남이란 결코 자기가 아니며, 인간은 열이면 열 제각기 생각이나 기호, 감정이 다르게 마련이다. 그런데도 자기처럼 되어주기를 바라는 것은 무리다. 마야와 나는 서로가 다를 수밖에 없다는 것을 인정하고 사귀어야만 했다. 자란 환경이나 국적도 다른 데다가 애정이라는 것은 조금씩은 식게 마련이며, 더군다나 나는 일시적 체류자이므로 어려움이 없지 않았다.

　사랑을 시작할 무렵의 연인들은 눈에 뭔가 씐 것 같다. 그때 마침 MTV에서 실시한, 닭에게 안경을 씌워 행동을 관찰하는 실험이 관심을 모으고 있었다. 핑크 렌즈를 끼운 닭들은 모두 얌전해졌고, 서로 짝을 이루어 사랑을 즐기고 있었다. 그런데 렌즈를 벗기자 거칠어지면서 서로 싸움질만 했다. 사람의 경우도 그럴 것이라는 게 그 무렵의 화두였다. 사랑을 하게 되면 '곰보도 보조개로 보인다'는 우리 속담도 있듯이, 사랑의 화학작용이란 본래 그런 것 같다.

마지막이 될지도 모를 이별을 앞두고 우리는 메리다 근처의 팔렌케 피라미드와 치첸이트사의 마야 천문대를 찾았다. 신전 지하의 관뚜껑을 새삼스레 자세히 들여다보고, 마야문명은 우주인이 창조했다는 설에 동의하며, 미국영화에서 픽션화한 우주인 남자와 마야인 여자의 사랑에 대해 이야기를 나누었다. 세계최초의 천문대라는 곳에서 관측인이 썼다는 안경모양의 색 있는 눈띠를 보며 '닭 안경 실험'에 대해서도 이야기했다.

저녁을 함께하기로 하고 메리다로 돌아왔다. 마지막 만찬은 내가 내야겠다는 생각에 오늘은 특별한 밤이니 고급 레스토랑에 가자고 했다. 늘 싼 것만 고집했던 그녀는 의외로 선뜻 응해주었다. 그날은 옛 스페인 귀족처럼 근사하게 보내고 싶어 일부러 마차도 불렀다.

고색창연한 부촌의 가로는 희미한 외등 불빛 속에 환영幻影처럼 몽롱했다. 화사한 야회복을 입은 그녀는 유난히도 돋보였다. 나는 인디오모자를 쓰고 정장을 입었다. 인적 없는 밤길에 은은히 울려 퍼지는 말발굽소리를 들으며 가볍게 포옹하고 달리다보니 마치 옛 석첩길로 궁정무도회를 향해 달리고 있는 것 같았다.

그날 밤 초여름의 메리다는 말로 다 표현할 수 없는 매혹이 한껏 도사린 분위기였다. 어스름한 저녁인데도 부촌 전체는 짙푸른 녹음과 황금빛과 붉은색 꽃들로 뒤범벅이 되어 있었다. 꽃들과 나무들이 색조가 바뀌는 강렬한 조명에 반사되어 수시로 은빛, 금빛, 분홍빛으로 반짝였다. 이따금 우람한 거목에서 포인세티아 꽃잎이 흩뿌려졌다. 선명한 색의 조화가 저택의 매끈한 흰 벽면에 반사된 모습은 주위에 맴도는 달콤한 향내와 함께 나를 몽상의 세계로 이끌었다.

꿈꾸듯 호화주택가를 지나 메리다에서도 손꼽히는 일류 레스토랑에 당도했다. 안에 들어가면 곱절이나 더 비싸니 야외에서 먹자는 그녀의 배려로 아담한 정원 한 모서리에 있는 칵테일 라운지에 자리를 잡았다. 라운지는 야자수 잎으로 간이지붕을 이고 있었는데 안쪽은 무척이나 소란스러웠다. 젊은 연인들이 쌍쌍이 모여 앉아 술을 나누기도 하고, 간이무대에서 춤을 추기도 했다.

　마야가 '마르가리타'라는 칵테일을 주문해주었다. 데킬라 베이스에 라임을 섞어 부드럽게 마실 수 있도록 만든 멕시코식 칵테일이라는 설명도 덧붙여주었다. 들이켜기 전에 술잔 끝을 적셔 소금을 묻힌 다음 한 모금씩 입술을 적셔가면서 마시고, 마지막 한 방울을 마실 때 술잔 끝에 묻은 소금도 깨끗이 먹어치우는 것이 마르가리타를 음미하는 최상의 방법이라 했다. 술잔 언저리에 묻은 소금이 반원호^{半圓弧}가 되었을 무렵, 정원 한가운데 가설된 중앙무대에서 공연이 시작되었다. 우리는 한 시간 남짓 그곳에 남아 유카탄 각지의 민속무용을 함께 바라보았다.

여행, 또 하나의 나를 찾는 길

여행이란 스스로를 안전한 일상생활에서 긴장감이 흐르는 이질적인 세계로, 편리한 환경에서 불편한 환경으로, 호사스럽거나 넉넉한 생활에서 가난하고 모자라는 생활로 끌어내는, 끌어내리는 일이다.

대개 여행을 호사스럽다고 여긴다. 하지만 천만의 말씀이다. 도시에서 도시로 다니며 일류호텔에 투숙하고 비싼 음식을 매식하며 여행사 깃발을 따라다니거나, 면세점이나 명소 입구에서 고작 기념사진이나 찍어 오는 그런 패키지 투어는 여행이 아니다. 그건 오락이요, 낭비다. 안전만을 찾고 편리만을 바라는 호사스런 여심旅心은 골프장을 즐기는 사치스런 심정과 별반 다름이 없다.

여행이란 자유분방한 것이다. 어쩌면 여행은 '고독한 인간'의 멍에를 벗고 인간성의 회복을 위해 나서는 길이어야 한다. '해외여행을 밥 먹듯 한' 나를 주변사람들은 부러워하고 샘내기도 했다. 심지어 '시한부 삶'을 선고받고 입원해 있었을 때도 친구들은 이구동성으로 "너는 이제 죽어도 한이 없어……." 하며 위로 아닌 위로의 말을 하기도 했다. 그 전에도 여행에서 돌아왔을 때 늘 "재미있었니?" 하고 묻곤 했는데, 그럴 때마다 나는 이렇게 대답했다.

"아니, 정말 고달팠어. 어떤 때는 울고 싶을 때도 있었지. 괴롭기도 했고……."

그럼에도 불구하고, 아니 그렇기 때문에 여행이란 나에게 그 무엇과도 바꿀 수 없는 체험을 제공해주고 있는 것이다. 투병여행을 통해서는 목숨까지 이어주지 않았던가. 그러니까 내게 있어 여행은 인생 그 자체요, 더 나아가 내 인생만이 아니라 모든 인류에게 주어지는 축복이다. 그런 의미에서 여행이란 인생 자체, 인류사 그 자체라고 해도 좋을 듯싶다.

혼자 긴 여행길에 나선다는 것은 '나 아닌 또 하나의 나를 찾는 길'이다. 그래서 몇 번을 강조해도 지나치지 않는다는 게 나의 신조다. 나는 건강이나 재정이 허락하는 한 계속할 것이다. 앞으로 나의 여행은 새로 태어난 제2의 인생을 확인하는 길이기도 할 것이다. 그렇게 여행은 나를 향한 회귀回歸, 또 다른 인생에게는 향수가 되리라.

옛 나그네와 오늘의 여행

지금으로부터 오백 년쯤 전에는 인생의 범사가 현대보다 훨씬 날카로운 윤곽을 지니고 있었다고 네덜란드의 역사학자 호이징가Johan Huizinga는 말했다. 그는 또한 "슬픔이나 기쁨, 불행과 행복의 괴리가 오늘날의 우리들보다 한결 더 컸다고 본다. 그들이 체험한 그런 모든 것들이 현대에는 어린애가 느끼는 그런 감정 정도의 직재성直裁性과 배타성을 지니고 있다."고 『중세의 가을』에서 유추한 바 있다.

여행의 경우에도 이와 비슷하게 말할 수 있지 않을까. 오늘날의 인간은 여행을 일종의 재밋거리나 오락, 아니면 답답한 마음을 달래는 시간 정도로 생각하는 것이 아닐까.

일찍이 여행은 슬픔과 기쁨이 교차하면서 희망과 절망이 버무려지는 깊고도 심각한 작업이었다. 마치 『신곡』을 쓴 단테가 머리로 그린 여행이 종교적 차원으로 승화된 것처럼 말이다.

여행을 좋아했던 한 작가가 마젤란의 전기를 쓰게 된 모티브를 떠올린 것도 남미행 항로의 갑판 위에서였다. 처음엔 배여행을 무척이나 낭만적인 것으로 여겼던 그는 모진 풍랑 속에서 많은 생각을 했고 짜릿한 희열을 느끼기도 했다. 그는 얼핏 단조로운 선상생활과 지루한 시간에 짜증이 나기도 했지만, 어느 순간 끈질긴 옛 뱃사공을 상상하면서 매일매일 바뀌는 풍광과 감정의 추이를 통해 전과는 다른 자기 모습을 찾게 된다. 그러고는 미지의 대륙을 누비던 옛 모험 여행자들의 글을 재현해보겠다고 다짐하기에 이르렀다.

여행이란 옛 항해자들처럼 알지 못하는 세계를 향한 기대와 그 가능성에 모험적으로 도전하는 행위 속에 있는 것이 아닐까.

그런데 오늘의 여행자에게는 다만 공허한 추상적인 시간

과 공간의 이동만이 있다. 그 거리에는 아무런 내용이 없다. 과정이 없다. 다만 딛고 간 지점만이 있을 따름이다. 그런 데다 초고속 항공기는 지상 수천 미터의 고공을 비상하다보니 시각적으로는 크게 한정된다. 지극히 단조롭다. 비행기의 작고 둥근 창밖으로 내다보는 바깥 풍경은 텅 비어 있다.

나는 젊었을 때부터 여행을 좋아했고, 외국 대학에서 한국학 관계학과가 창설될 때마다 자원해 나가곤 했기 때문에 그동안 줄잡아 십여 차례나 세계일주를 해왔다. 취업지를 오가는 동안 비행기에서 굽어만 보았던 지구 표면을 떠올려보았다. 인도로 가는 길목에서 다만 내려다보았던 히말라야 연봉, 북유럽을 가는 도중 회오리바람 속에서 응시만 했던 백야의 핀란드만, 폭우에 씻겨 내린 함부르크의 붉은 지붕, 바다의 거센 파도처럼 끝없이 굽이치던 아프리카의 황량한 대지, 아스라이 내려다보이는 그레코의 그림 같은 톨레도 마을과 세간티니segatini의 스위스 산화와 마을들…….

그 하나하나의 정경情景들은 숱한 음영陰影으로 내 기억 속에 남아 있다. 물론 하늘에서 세계를 바라보았던 것은 아니다. '마지막 원시인'을 찾아, 뭇 문명유적을 따라 오지를 두루 살펴보기도 했다.

미국 대학에서 강의를 마치고 리스본을 거쳐 가는 길에 모로코가 지도대로 나타났다. 그때 지구를 거의 반 바퀴 돌았다는 안도감과 함께 뭔지 모를 공허함 같은 것이 엄습했던 적이 있다. 그건 바로 변함없는 세계지도의 '자통恣通'이라고나 할까. 카이로를 떠나 홍해를 굽어보면서 사우디아라비아로 접어들었을 때에도 비슷한 어지러움 같은 것이 나를 덮었다.

하늘에서 보는 이런 지상 풍경은 그 옛날 도보나 여러 탈것들을 통한 여행과는 사뭇 다르다. 하늘에서 내려다본 세상은 텅 비어 있다. 그런 공허함은 외롭던 어린 시절 텅 빈 소학교 운동장과 같은 뭔지 표현하기 힘든 감촉을 느끼게 한다.

한동안 나의 꿈은 멈춰 있었다. 경제적으로 치명적인 어려움을 겪은 탓도 있었지만, 되도록 편안함 속에 안주해 책상머리에 놓인 지구의를 돌리며 다녀왔던 백여 개의 나라들을 헤아렸다. 그렇게 자족하며 여행의 꿈을 접었다가, 어쩔 수 없이 필사적인 여행을 해야 했다.

그 여행은 기약 없는, 끝이 없는 겨울 나그넷길이었다. 경험과 지식으로 이미 알고 있던 세계를 이제는 병고로 사뭇 예리해진 감각과 감성으로 재확인하고 싶기도 했다.

이런 양자 사이에 큰 괴리가 있었다. 이런 괴리를 통해 지구에 대한 나의 열정을 불태울 수 있을 것만 같았다.

2부 가장 여행다운 여행

혼자 떠나야 하는 이들에게

고독족族의 탄생

가혹한 운명의 화살을 맞고도 죽은 듯 참아야 하는가?
아니면 성난 파도처럼 밀려드는 재앙에 맞서 싸워야 하는가?

— 윌리엄 셰익스피어, 「햄릿」

걱정 많고 괴로운 삶의 터전을 잠시라도 떠나고 싶은 충
동, 거미줄처럼 얽힌 복잡한 관계를 뒤로하고 혼자만의 고독
과 자유를 누리고 싶은 마음. 여행을 떠나는 이의 가슴 밑바
닥에는 그렇게 오랫동안 쌓여온 집단무의식이 자리하고 있
는지도 모른다.

인류학자들의 조사에 의하면, 인간은 수천 년 동안 어느

정도 머무른 곳에서 삶이 안정되었음에도 불구하고 다시 그
곳을 떠나고 싶은 갈망을 대체로 간직해왔다.

'고독'이란 혼자 있는 것, 곧 '독거獨居'가 아니다. 독거는 고
독의 한 조건에 지나지 않는다.

고독은 산 위에 있는 것이 아니라 삶의 여항에 있다.

고독은 혼자 있을 때보다 많은 사람들과 함께 있을 때 그
사이에 있다. 고독은 '사이'에 있으므로 공간과도 같은 것이
다. '진공의 공포', 그것은 물질적인 것이 아니라 인간적인
것이다.

고독에는 미적美的 유혹이 있다.

고독에는 미적味的 유혹도 있다. 혼자 길을 떠난 이는 고독
을 맛보고, 고독의 윤리적 의미意味를 탐구한다.

고독을 맛보기 위해 서양인들은 도시로 모여들었고, 동양
인들은 자연 속으로 들어갔다.

철학자 버트런드 러셀은 '인간은 반은 사회적, 반은 고독
적 존재'라고 했다. 우리가 걷는 삶의 길이란 그리 순탄하지
도, 즐거움으로 가득 차 있지도 않다. 직장은 직장대로, 가정

은 가정대로 번거롭고 성가신 일들이 끊이지 않는다. 그럴 때마다 만사가 귀찮아지고, 어디론가 훌쩍 떠나고 싶은 충동에 사로잡힌다. 거미줄처럼 얽힌 복잡한 인간관계의 굴레에서 잠시나마 벗어나 혼자만의 자유와 고독을 한껏 누리고 싶어진다.

'떠나고 싶다.' 그렇게 마음먹는 순간이 바로 여행이 시작되는 시점이다.

그렇게 훌쩍 떠날 수 있는 유형의 인간들이 있다. 그들의 피에는 유목민족의 피가 많이 섞여 있다고 한다. 반대로 좀처럼 떠나지 못하는 사람들에게는 농경민의 유전자가 이어지고 있다고 한다. 사회적인 성격이 강한 무리는 재빨리 정착해 일찍이 농경사회를 이룩했고, 그에 반해 고독한 성향이 짙은 무리는 정착된 따분한 생활을 피해 사막, 초원 등 자유로운 대지를 내키는 대로 옮겨 다니면서 살아왔다는 것이다.

지금도 지구상에는 두 부류의 인간이 있다. 타고난 유전자의 성향에 따라 여행하기를 좋아하는 부류가 있는가 하면, 정착한 삶에서 좀처럼 벗어나지 못하는 이들도 있다. 예컨대 동아프리카의 케냐에는 이 두 부류의 인간들이 크게 양분되어 살아가고 있다. 수도 나이로비에 머물면서 근대사회 건설에 여념이 없는 키쿠유족이 있는가 하면, 옛날 그대로의 삶을 고수하는 마사이족은 여느 지역으로 옮겨 가는 것을 애써 피한다. 그들은 조상들이 그랬듯이 맨손으로 맹수를 쫓는 스릴을 즐기면서 서구식 문명사회에 순응하는 무리들을 비웃고 있다.

사하라에 사는 투아레그족도 고독의 피가 흐르는 인종이다. 사하라 대부분의 주민들이 니제르 강변과 물가에서 살고 있지만, 그들은 끝까지 삭막한 사막을 삶의 터전으로 삼고 낙타와 벗하며 외로운 생활을 즐긴다.

스칸디나비아 반도의 눈보라 휘날리는 벌판에서 살고 있는 라프족 또한 고독족에 속한다. 스웨덴 정부는 어떻게 해서든지 이 민족의 아이들을 도시 학교에 입학시키려고 애쓰고 있지만 뜻대로 되지 않는다고 한다. 아무리 어렵고 불편한 일이 있더라도 그들은 도시에 들어오기보다는 눈 덮인 벌판을 자유로이 옮겨 다니는 분방한 삶을 선택하기 때문이다.

그러나 최근에 이르러 이들 고독족 내에서도 현대사회에 순응하려고 드는 움직임이 차츰 일고 있다. 그들도 인간인 이상 주변과 소통하지 않는 생활을 계속할 수는 없는 것이다. 이처럼 고독한 인간들도 언젠가는 사회적인 성격이 짙어질 수밖에 없다. 사회적인 인간들 가운데 때로는 고독한 인간이 생겨나는 것처럼.

물질문명의 발달로 말미암아 편리한 삶을 누리면서부터 고독한 인간들이 꿈틀거리기 시작했다. 그들은 역逆으로 소박하고 단순한 생활을 하고 싶어한다. 반면에 사회적인 인간들은 편리한 삶에 반발하여 불편한 캠프생활을 동경한다. 소셜social과 솔리터리solitary 사이를 맴돌아온 인류생활사의 기억이 그들을 그렇게 만든 것이다. 그러므로 여행이란 인간의 역사를 반복하는 행위다.

여행자의 변명

여행이란, 정착사회의 번거로움에서 스스로를 해방시켜보려는 욕구의 발로다.

여행이란, 안전한 일상생활과 다른 이질적인 세계로, 긴장을 내내 수반한다. 예컨대 편리한 환경에서 불편한 환경으로, 넉넉한 생활에서 모자라는 삶으로 스스로를 옮겨보는 과정인 것이다.

여행이란, 안전할 수도 있고 호사스러울 수도 있다. 하지만 여행자는 늘 자유분방해야 하며, 고독한 인간성의 회복을 위해 나서야만 한다.

여행이란, 여행자에게 있어 무엇과도 바꿀 수 없는 경험이다. 자기 안의 '고독한 인간'을 만나는 즐거움이다. 스스로의 인생뿐 아니라 인류의 오랜 역사를 새삼스럽게 발견하는 놀라운 체험이다.

호로비츠에게 여행을 권하다

　블라디미르 호로비츠라는 유명한 피아니스트는 인터뷰에서 아직껏 비행기여행을 해본 적이 없다고 했다. 사고에 대한 공포나 고소공포증 때문은 아니었다. 실제로 호로비츠는 비행기에 의한 급속한 이동이나, 이 이동이 불러일으키는 외계의 이상한 변용變容을 감당하기 어렵다고 했다. 아마도 이 피아니스트의 불안은 사람이면 누구나 스스로를 지탱하는 일상성이나 감수성을 요구하는 데 기인하리라.

　누구나, 심지어 불규칙한 삶을 사는 것 같아 보이는 이조차 일정한 생활 리듬을 가지고 있다. 하지만 가끔 여행을 통해 이 리듬을 흐트러뜨릴 필요가 있다.

인간이라는 살아 있는 동물에게는 엉성한 부분이 있게 마련이다. 구석구석 철저히 계산된, 조금의 혼란도 없는 존재가 결코 아니다.

인생도 그렇다. 살다보면 전혀 생각지도 못했던 일, 예측하지 못했던 일이 불쑥 일어나곤 한다. 자연도 그렇다. 사계절의 변화에는 일정한 리듬이 있지만, 서늘한 여름도, 따뜻한 겨울도 있다. 살아 있는 존재에게 '흐트러짐'이란 필수불가결한 것임을 여행은 가르쳐준다.

'걱정도 팔자다'라는 속담이 있다. 여행은 그 '팔자'를 깨는 일이다. 일단 일상사에서 벗어나면 홀가분하고 너그러워진다. 가는 곳마다 친구를 만들 수도 있고, 뜻밖의 사랑에 빠질 수도 있다. 그렇게 상상해보는 것만으로도 행복해진다. 하늘이 내린 축복이다.

미지의 것을 찾아가야 하니 불안하기도 하다. 그 때문에 겁부터 내고 망설인다. 하지만 어디를 가도 누군가가, 무엇인가가 나를 기다리고 있다. 그러니 떠나고 싶을 때엔 과감히 떠나야 한다. 나를 기다리는 그 누구, 그 무엇이 있기 때문에.

여행의 공식
호기심, 도망, 발견, 자유

호기심

차창 밖을 바라보고 있는 여행자의 눈이 궁금함으로 차 있다. 하필이면 저런 데 개가 있지? 저 지붕 위에는 돌멩이가 놓여 있네? 굴러떨어질 것 같은데…….

여행자의 발길을 재촉하는 것 중 하나가 호기심이다. 호기심은 문명과 문화, 그리고 과학 발달의 원동력이 되어왔고, 앞으로도 그러할 것이다. 달나라여행은 인류의 오랜 꿈이었다. 그 유구한 꿈을 실현시킨 것도 역시 호기심이었다.

도망

이 세상은 단순한 관찰의 대상으로 머무르지 않는다. 세상은 끊임없이 사람을 불안하게 한다.

샤를 보들레르는 일찍이 "여행은 도망이다."라고 말했다. 그는 도시에서, 일상에서 도피하고 싶어했고, 먼 나라를 동경했다. 이국의 향기를 그리워했으며, 미처 알지 못한 나라를 꿈꾸었다. 그는 군중 속의 고독한 이방인으로서, 여행을 통해 그 고독을 역전逆轉시키려 했다.

해방도 탈출도 도망에서 시작된다.

발견

여행이란 습관화된 생활에서 벗어나는 것이다. 많든 적든 새로운 무언가를 발견할 수 있다. 오래 눈에 익었던 사물들도 여행 중에는 새롭게 느껴질 수 있다. 예사로운 것이 예사롭지 않게 받아들여진다. 여행의 소득은 전혀 새로운 것을 처음 보는 데 있다기보다는, 평소 예사롭게 보았던 이른바

'기지旣知의 것'에서 새삼스럽게, 그리고 뜻하지 않게 경이로움을 느끼고 다시 고쳐 보는 데 있다.

자유

여행이 우리를 해방시켜주는 것은 분명하다. 하지만 여행으로 말미암아 우리가 완전히 자유로워진다고 생각하는 것은 잘못이다. 해방이라고 하는 것은 어떤 얽매임으로부터의 자유이며, 이러한 자유는 자못 소극적인 것에 지나지 않는다. 여행은 우리의 호기심을 자극하여 설레게도 하고 때로는 모험하게도 만들지만, 이를 진정한 자유라고 할 수는 없다.

그러나 여행을 하면서 자유를 느껴본 사람이 인생에 있어서 자유인이 된다는 것은 확실하다.

여행의 조건

우리 마음속에는 원초적인 것으로 회귀하고자 하는 본능, 태어난 고향으로 돌아가고 싶은 마음, 좀더 근원적인 것을 향하는 끌림, 평화롭던 어머니의 모태와 잊힌 본원의 바다에 대한 노스탤지어가 자리하고 있다.

지구가 육지 없이 바다로만 뒤덮인 카오스의 상태에 있을 때에, 그러니까 온통 물바다였을 때에 원초적인 인류는 바다 아메바처럼 살고 있었다. 바다는 인류의 모태母胎였다. 그래서 프랑스어로는 어머니와 바다가 동의어인지도 모른다. 한자 바다 '해海'에도 어미 '모母' 자가 들어 있다.

불교에서는 이승을 임시숙소, 즉 '가숙假宿'이라고 하며 구원을 '피안彼岸의 정토淨土'에서 구해야 한다고 가르친다. 예수 그리스도는 하늘에 계신 아버지, 그 본원으로 돌아가기 위해 연단받으며 '잠시 머무르고 있는 나그네'라는 믿음을 낳았다.

단테의 『신곡』에 이런 구절이 있다. "고향을 찾아간 자는 더 이상 나그네가 아니다. 돌아갈 고향이 없다며 향수를 느끼고 있는 동안에만 나그네인 것이다." 돌아갈 고향이 있는 자는 나그네일 수 없다. 하지만 고향을 찾으려 하지 않는 자 또한 진정한 나그네가 아니다. 여기에 여행의 묘미가 있다. 이 모순을 제대로 감당하고 극복하는 자만이 나그네로서의 삶을 그만두지 않고 끝내 그리던 고향을 찾아낼 수 있다.

여행자에게는 참된 고향을 굳건히 세워 올리고자 하는 의지와 여행을 통해 이를 이루려는 마음가짐이 필요하다. 그로 인해 우리의 여행길이 끝간데 없이 계속되는 한이 있더라도.

도망은 계속되어야 한다.

혼자서 떠나다

나와 동행하는 사람이 있으면 좋겠다.
해의 기울기에 따라 그림자가 어느 정도 길어졌는지
말해줄 정도의 길벗이라도 좋다.

−로렌스 스턴

낯선 고장을 편력하다보면 느끼는 게 많아진다. 나는 그것
들을 분석하기보다는 종합적으로 버무리기를 좋아한다. 포
말처럼 사라질지도 모를 감상들을 하나하나 메모해두었다
가 마지막에 한 편의 글로 갈무리하곤 하는 것이다. 여수旅愁
어린 상념들이 엉겅퀴솜털처럼 산들산들 흩날리기를 기대

한다. 그 아름다운 것들이 언쟁의 찔레에 얽히는 것을 바라지 않는다.

마음 내키는 대로 하고 싶을 때가 많다. 함께 길을 거닐며 입씨름을 벌일 기회를 마다하지도 못하지만, 부러 찾아 나서지는 않는다. 길을 건너오는 향긋한 보리밭 냄새에 관해 이야기해도 대부분의 길벗은 그 냄새를 맡지 못할 것이다. 초봄의 보릿국을 먹어보지 않고서는 느낄 수 없는 향내이니 말이다.

감동이란 함께하면 곱이 된다고 하지만, 명미明媚한 정경에도 둔감한 이들이 의외로 많다. 바람에도 저마다 느낌이 있는 법이고, 구름이나 숲의 빛깔도 제각기 다른데, 이를 아무리 설명해도 느끼거나 감별하지 못하는 것이다.

방종이나 거짓 꾸밈이 아니라 담백하게 감정을 드러내는 것. 존재의 신비성을 헤쳐 보이고, 다른 이로 하여금 나와 같은 느낌을 갖게 하는 것. 이 동행의 기적은 소수의 사람만이 행할 수 있는 것 같다.

걷다

좌선坐禪보다 행선行禪이 더 깊다. −틱낫한

끝없이 펼쳐진 높푸른 하늘, 초록 들판 사이로 굽이치는 길과 개울. 그런 풍경이 파노라마처럼 스쳐 지나갈 때면 잊고 있던 일들이 '침몰한 난파선과 헤아릴 수 없는 보물'(셰익스피어, 「헨리 4세」)처럼 떠오른다. 그럴 때면 나는 뭔가를 깊이 생각하게 되고, 잘난 체하며 지난 얘기들을 주절거리기도 하지만, 어설픈 자랑으로 머쓱하게 마무리하느니보다는 차라리 길을 떠나 마음의 침묵을 지키려 한다.

혼자서 걷는다. 멈추고 싶을 때 멈추고, 가고 싶을 때 간다.

마음 내키는 대로 이길 저길로 가보고, 속도도 알맞게 조절해본다. 마음의 문이 활짝 열린다. 외부에서 밀려오는 인상이 제대로 받아들여진다. 새로운 감각이 채워진다. 감정이입이 가능해진다. 낯선 풍경을 통해 새로이 눈이 떠진다. 그리하여 풍경을 사색으로 윤색할 수도, 한 곳으로 응집할 수도 있게 된다(이러한 경지에 이르기 위해서는 옆에서 말을 거는 사람도, 삐걱거리는 소음도 없어야 한다).

물론 걷다보면 힘들고 피곤할 때가 있다. 어깨에 멘 배낭을 내던져버리고 싶어질 때다. 하지만 극복할 수 있다. 『천로역정』에서 혼자 여행하던 크리스천은 지치다 못해 '세 번 껑충 뛰고'는 이내 '흥겹게 노래 부르고 춤이라도 추고 싶은' 마음이 되었다. 생각을 바꾸면 배낭도 그 밖의 모든 짐도 이내 가뿐해진다.

걷다가 숲이 있으면 쉬었다 가기도 하고, 산이 있으면 오르기도 하며, 개울을 만나면 다리난간에 기대어 물속의 잡초나 느긋하게 노니는 물고기들을 들여다보기도 한다. 피곤해지면 개울물에 발을 담근다. 꼬였던 근육이 기분 좋게 풀리고 늘어진 몸도 한결 편안해진다.

푸르름 속을 걷다보면 옹졸함과 자만심이 잠재워진다. 엄청난 대우주에 비춰 보면, 억만의 부富와 바이올린의 활 끝 사이를 구분할 수 있게 된다. 걸으면서 단전호흡을 하면 영혼의 눈이 뜨이고 마음도 맑아진다. 벼락같이 기분이 상쾌해지면서 머릿속의 바람개비가 돈다. 그런데 나는 더 멍청해진 것 같다. 바보 같은 철인哲人인지, 지혜로운 바보인지……. 내 머릿속에는 아직 답이 없다.

바보스럽건 지혜롭건, 내일의 나는 다시 내 몸과 마음을 어느 낯선 땅으로 데리고 가서 부유하게 할 것이다. 그리하여 보다 부유해질 것이다.

고독과 마주하다

이집트의 피라미드는 혼자 느끼기에는 너무나 거대하다.

아라비아 사막을 혼자 여행할 때에는 숨이 막힐 정도로 고독해진다. 누군가와 대화하고 싶어 못 견디게 되는 것이다. 나 자신이 사회라는 본체에서 내동댕이쳐진 것 같은, 몸뚱어리에서 떨어져나간 사지四肢가 된 것 같은 처절한 고독. 이러한 절대고독을 잠재우는 법은 한 가지뿐이다. 그 고독에 나 자신을 온전히 내맡기는 것이다.

기차에 이르다

1

어디론가 떠나고 싶은 충동이 일면, 나는 하릴 없이 공항 버스에 몸을 싣거나, 하다못해 서울역 대합실에라도 가서 커피를 한잔 시켜놓고 오가는 여행자들의 분방한 발걸음을 물 끄러미 쳐다보곤 한다. 형형색색의 여행가방을 끌고 가는 사람들을 보며, 지난날의 여정을 더듬어본다.

답답한 대합실 인파를 비집고 서성거려본다. 부산하게 움직이는 사람들처럼 나도 뒤섞여 떠나는 설렘을 느끼고 싶다. 간편한 여장을 걸친 데다 신발 또한 가벼운 운동화여서, 운동회에 나온 것 같기도 하고 긴 방학 끝에 등교하는 것 같기

도 하다. 묘한 떨림으로 몸이 오싹해진다. 여행의 아련한 속
삭임은 곧잘 나를 못 견디게 유혹한다.

떠나는 마음은 아쉬움, 설렘, 불안감, 기대감 등이 범벅되
어 뭐라 형언하기 어렵다. 먼 나라와 도시를 그리며 꿈꾸어
보는 마음은 그지없이 호젓하고 행복하다. 낯선 마을, 도시
의 거리거리, 넘실거리는 다양한 사람들, 옛 문명의 유적과
유물들, 미처 예상하지 못했던 새로운 만남…….

파리, 베를린, 본, 뮌헨, 함부르크, 암스테르담, 프라하, 부
다페스트……. 기차의 발착시간과 도착시간이 명멸하는 전
광판 앞에 서면 기차 바퀴소리에 여행 중 모든 장소에서 들
었던 소리들이 한꺼번에 버무려진다.

소리들 틈에는 언젠가 빈에 들렀을 때 들었던 음악소리도
섞여 있다. 마침 토요일이라 역전광장에서 거리음악가들이
연주를 하거나 노래를 부르고 있었다. 남미에서 온 그룹도
있고, 블루스 연주자, 플루트 독주자, 코러스 삼인조, 백파이
프를 들고 있는 노인도 있었다. 바이올린을 켜는 집시 남녀
도 인기를 끌었다. 사람들의 웅성거림, 기차소리, 바람소리,

교회 종소리 등이 한데 버무려진 가운데 들려오는 음악소리는 어쩐지 더욱 인간적이었다.

2

몇 년 전 여름, 이탈리아를 여행하고 있을 때였다. 꽉 짜인 일정 때문에 시에나에서 아시시로 서둘러 가야 했는데 급행열차가 없어서 하는 수 없이 각 역마다 정차하는 완행열차를 탔다. 그런데 어느 시골 역에서 멈춘 기차는 자그마치 삼십 분 동안이나 아무런 안내도 없이 꼼짝하지 않았다.

간이역인 듯싶은 자그마한 역이었다. 두세 명의 손님이 요란스레 떠들어대면서 플랫폼을 빠져나간 뒤로는 무거운 침묵만이 흘렀다. 이따금 어디선가 소 울음소리가 간주곡처럼 들려올 뿐 그야말로 쥐 죽은 듯이 고요했다. 역 주변의 외딴 구멍가게 하나를 빼놓고는 움막 하나 보이지 않았다. 잡초만 우거진 밭두렁이 길게 누워 있는 한산한 풍경이었다.

차창에 기대앉아 햇빛 쏟아지는 들판을 쳐다보고 있는데,

플랫폼에 묵직해 보이는 새하얀 통을 목에 건 소년이 나타났다.

"제라티! 제라티!" 소년은 고래고래 소리를 질렀다. 그러고는 그야말로 걷는 둥 마는 둥 차창을 우러르며 천천히 한 발 두 발 걸음을 옮겼다. 무척이나 깡마른 아이였다. 굳이 팔려고 애쓰지도 않는 눈치였다. 자그마치 십여 분이 지나서야 이번에는 뒷걸음치듯 다시 내 앞을 지나갔다. 소년이 그렇게 장사를 마치자 차내가 다시 조용해졌다.

갑자기 다른 열차칸에서 웃음소리인지 울음소리인지 모를 어린애의 터질 듯한 목소리가 들려왔다. 덩달아 어른의 나지막하게 달래는 소리 같은 것도 들려왔다. 소리는 선명한 윤곽을 그리며 울려왔지만, 다시 죽은 듯한 정적이 찾아들자 나는 헛소리가 아니었나 하고 내 귀를 의심해보기도 했다.

이런 상황이 길어지자 이 열차가 이러다 영영 멈춰버리는 것은 아닌가, 문득 조바심이 났다. 그리고 몇 분 뒤, 마침내 열차는 아무런 발차신호도 없이, 객차를 한바탕 움찔하게 흔들어댄 다음 서서히 움직이기 시작했다.

3

내가 자란 시골집은 철로에서 멀지 않았다. 열차 왕래가
많지 않았던 노선이어서 막차가 지나간 다음에는 철길이 동
네 아이들의 놀이터가 되곤 했다. 선로 사리砂利의 자극적인
냄새, 레일 주변에 악센트처럼 점점이 피어 있던 노란 민들
레, 그리고 이들 모두를 감싸고 있던 넉넉한 고요가 지금도
파노라마처럼 떠오른다. 어느 기차여행 중에 바라본, 차창
너머 아래위로 출렁이던 전선줄의 움직임, 길게 뻗은 논밭에
웅성거리던 까마귀 떼와 학의 무리. 그 대조적인 흑백의 교
직交織 또한.

4

인상주의 화가 르누아르. 그도 기차여행을 즐겼다고 한다
(어린 시절 사무친 엄마 품에 대한 그리움 탓일까. 나는 일찍이 이 화
가를 좋아했다). 근대 화가 가운데 르누아르만큼 일체의 추상
성과 인연이 먼 화가도 흔치 않다. 그는 늘 구체적인 삶 속에

몸을 맡기고 살았다. 그의 아들인 영화감독 장 르누아르는 아버지가 완행열차를 즐겨 타고 다녔던 것에 대해 "어느 열차보다도 한결 더 진짜 삶에 젖게 하는 그 무엇이 있었기 때문"이었다고 술회했다.

『르누아르, 나의 아버지Renoir, My father』에서 장 르누아르는 아버지의 여행철학을 이렇게 풀어놓았다.

"삼등 완행열차 승객들은 소박하기도 하지만 넉넉하다. 인심이 좋다. 같은 찻간에 타고 있던 아줌마들은 자기가 싸 가지고 온 도시락의 일부를 다투어가며 아버지에게 기꺼이 내놓았다. 아버지가 점심시간에 주머니를 뒤지며 샌드위치를 가까스로 꺼내자, 이웃에 앉아 있던 한 할머니가 안쓰러운 표정으로 쳐다보더니 '선생님의 점심이 고작 그거라면 그렇게 얼굴이 깡마른 탓을 알 만하군요.' 하며 자기 도시락 꾸러미의 태반을 억지로 맡겼다. 마치 세계일주라도 할 만큼 먹거리를 잔뜩 짊어지고 온 가족 동반자들도 적지 않았다. 아버지는 기차가 불과 몇 킬로를 달린 여행 초장부터, 부르고뉴의 그뤼에르 치즈, 프로방스의 쇠고기찜, 코트도르의 신포도주, 론의 강도 높은 적포도주까지 맛보며 흥겨워했다.

이런 먹거리에 으레 따라다니는 화두는 수확에 관한 의견, 농촌생활의 애환, 세금, 물가, 옷치장과 유행 등에 관한 이야기들이다. 포도주잔을 주거니 받거니 하다보면 모두 흥겨워진다. 뚱뚱한 아낙네들은 윗도리도 벗고 브래지어를 벗는 것도 서슴지 않는다. 모두들 꼭 낀 옷을 벗어던지고 육체를 해방시킨다."

5

"네덜란드를 떠나자 곧 시간이 움직인다는 것이 느껴졌다. 시간이 열차를 타고 비로소 움직이기 시작했다. 열차가 시간의 모형이 됐다는 그런 느낌이다. 열차는 이제 시간의 엄격함을 짙게 띠면서, 시간의 힘을 제 것으로 만들기에 이른다. 시간과 마찬가지로 눈에 보이는 온갖 것을 제쳐버리고는 마음속의 모든 것 또한 요동케 하며, 온 세상의 시간들이 지닌 형태를 마구 흔들어대며 전력투구로 차창 밖 풍경을 거침없이 뒤로 밀쳐낸다. 철교를 번개소리로 바꾸고, 소들을 탄환으로 바꾸며, 자갈을 간 철로를 탄도로 바꾼다."

프랑스의 상징주의 시인 폴 발레리는 「네덜란드에서 돌아오는 길」에서 기차를 타고 갈 때 우리에게 생기는 추상성의 문제를 제기한다. 우리의 의식은 시시각각 그동안 눈여겨보지 못했던 새로운 것들을 인지한다. 이 발견들과 그 유기적인 연결고리가 의식의 활동에 버무려짐으로써 또 하나의 새롭고 구체적인 시간이 비로소 생겨난다.

이 새로운 시간은 일상의 시간과는 다르지만, 그렇다고 일상과 아주 동떨어진 것도 아니다. 일상적인 것과 비일상적인 것의 새롭고도 긴밀한 버무림이 새로운 시간을 짜내기에 이르는 것이다.

비행기여행에서는 발레리가 기차여행을 두고 말한 그러한 의식변화를 느낄 수 없다. 비행기의 비좁은 창문을 통해 본 풍경은 지루한 일상의 그것보다 더 정지된 듯 보인다. 몇 시간을 날아가도 창밖으로 구름이나 이따금 바다가 보일 뿐이다. 이렇다 할 움직임이 없다. 기차와는 비교가 안 될 만큼

빠른 속도로 이동하고 있음에도 불구하고, 다만 느껴지는 것은 운동의 멈춤이며, 시간의 정지인 것이다. 그 풍경을 보며 우리는 기차여행의 경우 불모不毛에 가까운 추상성에 빠지게 마련이다.

새로운 시간은 일상에서 무수하게 겪었던 숱한 요소를 강화하고 집중시킨다는 점에서 주목할 만하다. 발레리는 이 점에 관해서도 심오한 비유를 던진다.

"이제 집으로 돌아가려고 하는 여행자의 전全 존재, 즉 그의 새삼스러운 현실감각은 열차바퀴가 돌아갈 때마다, 일상의 집으로 가까이 다가섬에 따라 비일상적인 그동안의 삶이 이제 끝장난다는 아쉬움을 느끼면서, 그 이동, 그 변화가 주는 기묘한 그 무엇인가를 감지하게 되리라.

이때 정신의 과거, 현재, 미래가 여행자의 마음속에 세 개의 독립된 종처럼 울려 퍼지고, 그 울림에 따라 묘한 효과음의 여운이 일어난다. 이미 일어났던 사건과 기대되는 사건, 그리고 현재 일어나고 있는 사건을 버무리는 그윽한 종소리가 인생의 온갖 숙제를 되풀이해 교직하며 여행자를 뒤흔들고, 그의 뇌리에 꽂혀 그를 즐겁게도 하고 불안하게도 한다. 철로에서 리듬을 빌려, 몽상을 오케스트라로 편성하여 주인공을 어리둥절하게 한 다음, 새로운 눈을 뜨게도 한다."

발레리가 포착해낸 것은 '어느 고장에 사는 존재가 아닌, 하나의 추상적인 존재가 되어버린 여행자'와 '이제부터 일상의 집으로 되돌아가려고 하는 여행자'가 전혀 다른 별도의 존재로 느껴지는 순간이다.

여행길에 오르면 누구나 그러한 추상적인 존재가 된다. 그는 어디론가 떠나고 싶어하고, 급기야는 어디론가 되돌아오려 한다. 이 양자의 공존과 그 공존이 빚어내는 숱한 마음의 움직임이 여심旅心을 만든다.

여행자에게 필요한 것은 이 공존의 상태를 알맞게 조율하는 기술이다.

6

기차에 올랐다. 앞에서 코를 골며, 이따금 헛소리마저 하는 한 농부와 나는 아무런 대화도 나누지 못했다. 비좁은 찻간에서 함께 숨 쉬며 벌써 몇 시간을 동석했는데 아무런 관계가 없다니, 이상한 일이다. 우리는 제각기, 그리고 완전히 고독하게 웅크리고 있다.

제각기 가정과 사회적 위치로부터 해방되어, 바로 곁에 있는 상대방의 직업이나 향하는 곳이 어딘지도 모른 채 다만 우연히 같은 열차칸에 오른 사람들. 물질의 미립자微粒子 같기도 하고, 공간의 점 같기도 하다.

적어도 이 객차 안에서는 가정, 학력, 직업, 직책, 재산, 재능 등은 아무런 의미가 없다. 각각의 존재는 지니고 있는 한 장의 차표로 대표될 뿐이다. 모두가 평등하다. 객차 안의 여객들은 완전한 자유와 평등을 누리고 있다. 데모크라시 democracy가 객차를 지배한다. 민주공화국이다.

이 완전한 민주주의는 그 완전성을 추상성으로 담보하고 있다. 물질의 미립자와 공간의 점이 추상적이듯이. 내가 지금 내 앞에서 코를 골며 오수를 즐기고 있는 남정네와 아무런 관계가 없는 것처럼 나는 차창 밖 밭두렁에서 일하고 있는 농부들과도 아무런 관계가 없다. 이 열차를 탄 그 순간부터 나는 나를 둘러싸고 있는 것들, 나를 나답게 하는 모든 조건들, 내 일상이 하루하루의 생활 속에 영위되고 있는 그 세계로부터 깡그리 단절되어버린 것이다.

지금 이렇게 이 열차 속에 도사리고 있는 나는 차창 밖의 농부들과 아무런 관계가 없듯이, 나 자신과도 이제는 아무런 관계가 없다.

나는 벌써 뭇 사람들의 표정도 이해하려 들지 않는다. 찻간에서 떠들어대는 시국담이나 언쟁도 내게는 실개천의 재잘거리는 소리로만 들린다. 차창 밖의 농부도 내 눈에는 한 그루 가로수 같기만 하다.

여행자는 언제나 에트랑제^{étranger}, 이방인이다.

7

열차는 곧 목적지에 도착한다. 우리는 삶의 터전으로 되돌아오고 여행은 끝난다. 우리는 그동안의 '추상적인 세계', 완전한 자유와 평등이 지배했던 그러한 세계로부터 권력과 재산과 인습과 무지와 야만이 횡행하는 세계로 환원된다. 이 세상이 한낱 '가숙假宿'이 아닌 이상 우리는 이 일상의 세계 속에서 추상이 아닌 자유와 평등을 실현해보아야 한다. 다만 우리가 나그네인 한, 그 완전한 실현을 직접 볼 수는 없으리라. 하지만 우리가 참된 나그네라면, 키르케고르가 일찍이 설파한 것처럼 '절망이야말로 죽음에 이르는 병'임을 알아야 한다.

아끼는 제자 가운데 유명 재벌총수의 아들이 있었다. 그의 갑작스러운 죽음을 통해 키르케고르의 이 말을 절감했다. 몇 차례 검찰에 불려간 뒤 절망에 빠져 어찌할 줄 모를 때 제자는 나를 찾아와 그 답답한 심정을 털어놓았다. 내가 무슨 묘안을 제시하리라는 기대를 갖고 온 것이 아니라 털어놓지 않고서는 견딜 수 없었던 것이다. 나는 함께 분노했을 뿐 아무런 충고도 해주질 못했다. 지금 생각하면 그때 여행을 떠나라고 권할걸 그랬다. 그 말을 미처 못 했던 것이 지금도 후회스럽다.

8

터널이 많고 직선으로 질주하는 KTX보다는 포물선을 그려가며 산을 돌고 전답을 누비는 보통열차의 리듬이 생각에 잠기는 데 안성맞춤이다. 나이 들고 보니 객차 안의 혼잡이 오히려 안락의자처럼 육체와 정신을 지탱해준다. 아이들 울음소리가 듣기 싫어 되도록 KTX를 탄다는 친구도 있지만 내게는 그 소리 역시 자장가로 들린다.

오늘도 객실 이곳저곳에선 아이들 울음소리가 터져 나오고, 울음소리를 멎게 하려고 엄마가 등에 업고 서성거리며 달래는 소리도 들려오고, 짜증 내는 손님의 고함도 간헐적으로 들려온다.

이런 북적거림 속에 이렇게 느긋한 안정감이 자리하고 있다니……. 사고와 혼잡은 뭔가 비슷한 데가 있는 것도 같다. 부유浮遊하는 소우주, 그 속에서 숱한 혼들이 서로를 혼불로 불사르기도 하고, 웃기도 하고, 이야기를 나누기도 한다. 또는 말 없는 가운데 적의敵意로 무장하고, 그 때문에 지치다 못해 언짢아하는가 하면, 체념하면서 기다림으로 표류하기도 한다.

혼란의 소용돌이. 무질서와 질서의, 호의와 악의의, 기대와 불안의, 체념과 초조의 미묘한 버무림!

멈춰버리면 만사가 끝이라는 듯 쉼 없이 달린다. 나만은 소중한 목적을 알고 있다는 듯 일체를 뒤로, 뒤로 제치고 던지며 달리는 이 맹목적인 운동은 뭔가와 닮은 데가 있다. 혼잡하고, 모순되고, 폐쇄적인, 때로는 브레이크를 걸어보기도 하지만 그렇다고 멈출 수도, 멈추게 할 수도 없는, 숱한 가능성을 지니고 있으면서도 하나의 궤도에 어쩔 수 없이 실린 채 그 어디론가 가고 있는 내 인생. 측량키 어려운 혼란과 질서를 싣고 온갖 운명을 눈에 보이지 않는 필연의 끈으로 꿰어 언젠가는 다가올 종국을 향하여 달리고 있는 세상, 그 흐름, 그 떠돎…….

기차는 우리네 인생을 닮았다.

9

열차가 종착역에 도착했다. 이제 내릴 수밖에 없다. 몽상의 세계로부터, 자유와 평등의 세계로부터, 다시 일상의 삶으로 되돌아가지 않을 수 없다.

다시 새로운 여행에 나서기 위해서.

타히티의 고혹

'지상의 낙원' 타히티는 고갱, 마티스, 피카소 등 세계적인 예술의 거장을 매료시킨 '에로티시즘의 정화精華'다.

공항에 도착하면 터질 듯한 몸매의 아가씨들이 '티아레 타히티'라는 이름의 하얀 별모양 꽃을 꽂아준다. 그 아가씨들 뒷전에 있던 앞가슴을 풀어 헤친 한 소녀에게 내 눈이 꽂혔다. 그 소녀는 오른쪽 귀밑머리에 '티아레 타히티'를 꽂고 있었다. 아가씨들은 왼쪽에 그 꽃을 꽂고 있어 모두 아줌마들인데, 그들과 대조적인 그 소녀는 유난히 청순하면서도 뭔지 모를 이국적인 관능미가 넘쳐났다.

문득 나는 이 소녀를 모델 삼아 훗날 이색적인 작품을 형상화하고 싶어 나도 모르는 사이에 그녀 앞으로 다가가 사진을 찍어도 되느냐고 했다. 그녀는 서슴지 않고 응해주었고, 섬에 머무는 동안 길 안내도 기꺼이 맡아주었다.

여자를 조심하라는 주치의의 경고가 머리를 스치고 지나갔지만 나로서는 어찌할 수가 없었다. 일찍이 호프만슈탈이 여행의 묘미는 '전혀 예상하지도 못했던 이성을 만나 사랑에 빠질 수도 있는 가능성'이라고 했던 글귀가 생각났다.

인간에게는 누구나 그런 정욕이나 사랑의 호기심이 잠재해 있다고 생각한다.

에로틱한 소질을 생래적으로 지닌 카사블랑카 같은 사람들이 적지 않다. 그런 기질의 사람에게 이 에너지는 생명력 에센스로, 그게 없으면 마치 공기와 음식을 공급받기 어려워진 경우처럼 시들고 멍청해진다. 그와는 반대인 사람들도 있다. 하지만 대체적으로 에로티시즘이란 바다의 파도와도 같다. 여기서 문제되는 것은 자극이 있으면 언제고 고개를 내미는 그런 종류의 에로티시즘이 아니라, 생명의 중심에 도사려 인생의 방향을 결정할 정도의, 넓은 의미로서의 에로티시즘인 것이다.

대부분의 경우 마음과 몸이 함께하는 에로티시즘이 세차게 나타나는 것은 인생의 한 시기에 불과하다. 나는 그런 시기를 이미 지나 마음만의 사랑을 해야 할 처지다. 하지만 '생명이 단축되더라도……' 하는 비장한 심정을 잠재울 길이 없었다.

여행을 떠날 때 주치의는 라틴어의 결언 '섹스 후 마음은 허전하고 몸은 나른해진다.'를 예로 들면서 간곡한 주의도 곁들였다.

하지만 사랑에 함몰되면 섹스가 우리들을 소모시키고 특히 중환자의 목숨을 단축시킨다는 사고방식은 통용되지 않는다. 사랑하는 상대방은 음식이며 공기며 환희다. 이를 통해 지적, 정서적으로 스스로를 한껏 열어 몰입하고 나마저 잊는 경지에 들어가는 능력이다. 그것은 감각의 대교향곡이다. 단층^{斷層}에 부딪친 까마득한 몸통, 도저히 확인조차 할 수 없어도 빈틈을 비집고 들어가보면 절정의 순간, 죽음의 순간을 맛본다. 석 달만, 아니 사흘만이라도 좋다고.

나는 타히티의 소녀를 다만 '누드화'를 위한 심미안으로
만 보았을까, 아니면 에로틱한 눈으로 보았을까. 확실치는
않다. 잠시 혼미하게도 했다. 따라서 미를 분석할 수는 없다.
전체를 파악하거나 아니면 한 부위에 끌리는 것. 에로틱한
눈은 훼리시스트farinaceous의 눈이다. 그러므로 사내는 앞가슴
만 보아도 알몸을 다 본 것처럼 전율한다. 나 역시 다르지 않
았던 것 같다.

그 부푼 가슴이 탐스럽고 매끈한 고혹蠱惑 속에서 그 현란
한 수줍음의 포물선을 그리고 있었다. 눈으로만 쓰다듬어도
매끄럽고 보드라웠던 그 촉감을 지금도 잊을 수 없다. 생생
하다.

내가 어렸을 때부터 어머니 젖가슴에 못내 겨워했기 때문
만은 아니다. 아내와의 불화 때문에 견실한 생활을 버리고
타히티 아가씨의 가슴에 묻힌 채 화가로서 아름답게 생을 마
무리했던 고갱을 조금은 이해할 것도 같다. '타히티는 열정
끝에 잠들고, 들리는 것은 다만 내 심장의 고동소리뿐'임을
나도 느낀다.

'그곳'에 이르다

하이드 공원 너머는 모두 사막이다.

–조지 에서리지, 「유행에 민감한 사나이Man of Mode」

하나의 기억이 또 다른 기억을 부르기도 하지만 경우에
따라서는 하나의 기억이 다른 여러 기억들을 모조리 지워버
리기도 한다.

호주에 눌라보Nullarbor(호주 원주민 말로 '아무것도 없다'는 뜻)
라는 곳이 있다. 그곳에 다다르면 단편적으로 파악해 담아둔
무한한 사물들과 도시들이 모조리 지워져버리는 특별한 경
험을 하게 된다.

하루 종일 달려도 풀 한 포기 없는 황무지 눌라보, 이 불모의 땅에서 사흘쯤 기차를 타고 달리다보면, 우거진 숲이나 싱그러운 농토는 떠오르지 않는다. 온 세계가 창밖의 광경처럼 그렇게 메마른 것이라고 착각하게 된다.

아무런 볼거리도 없는 황무지를 왜 굳이 보러 가느냐고 반문하는 이들이 많지만 나는 혼자 떠나는 이들에게 늘 그곳에 가보라고 권한다. 그곳에서는 눈앞에 보이지 않는 지도의 모든 부분은 공백임을, 마음이란 눈으로 볼 수 있는 공간보다 더 큰 것을 생각해낼 수 없다는 것을 인정하게 된다.

때로 세계는 호두껍데기보다 작지만, 말할 수 없이 선명하다.

히스테리아 시베리아카

　매일 엇비슷한 삶을 살다보면 뭔가 색다른 것을 보거나 느끼고 싶어진다. 선뜻 여행을 떠날 형편이 못 될 때면 나는 하다못해 전철이라도 타고 삶의 여항을 떠나 낯선 시골에 가본다. 그런데 그때마다 예기치 않았던 일이 벌어지곤 한다.

　어느 날은 전철화된 경의선을 타고 낯선 역에 내린 적이 있었다. 창졸간에 아주 먼 오지로 온 듯한 그런 느낌이었다. 좀 색다르다, 새롭다 하는 느낌도 있었지만 피를 토한 듯 진홍으로 물든 농촌풍경이라든가, 머리 위로 구불구불 떠 있는 검붉은 구름이라든가, 길을 걸어가는 사람들이 전에는 보지 못했던 모습을 하고 있는 것이 이국異國에라도 와 있는 듯한 느낌을 주었다.

언제나 그대로인 익숙한 사물들이 뭔가 뜻이 있어 나를
손짓하며 부르는 것만 같았다. 그리고 예전에는 미처 신경
쓰지 않았던 자질구레한 사물들이 또렷해지면서 반짝반짝
빛을 발하는 것처럼 보였다. 사물 하나하나가 자기만의 이야
기를 지니고 존재하는 것 같았다. 나아가 사물들은 시공간을
초월하여 모이고 흩어지고 나뉘고 다듬어지면서 펼쳐온 예
지를 활용해, 사람들이 오랫동안 관심을 기울여왔던 것들을
대표하고 있는 듯했다.

예컨대 길모퉁이에 있는 우체통이 그러했다. 나는 서울 도
심에서 오랫동안 살았는데, 이 구식의 우체통은 내 기억 속
골목길에 있었던 그것과 같은 것이었다. 색도 똑같이 붉었
다. 낡기도 하고 별로 호감이 가지 않는 낯익은 그 사물은 그
날따라 고물, 아니, 괴물처럼 보였다. 어린 시절에 이 우체통
을 곧잘 이용했지만 자세하게 살펴본 적은 없었다. 그런데
그날은 익숙한 사물들이 이전과는 다르게 보였다. 그날따라
나는 옹글게 깨어 있었고, 사방팔방으로 예리한 눈길을 보

내고 있었다. 관찰력과 집중력이 강화되고, 한껏 새롭게 배치되었다. 많은 것을 알고 싶은 욕구로 충만해져 있었다. 그뿐만이 아니었다. 우체통은 여전히 생명 없는 사물이었지만, 그날따라 내 쪽으로 주의를 기울이며 특별한 파장波長으로 말을 걸어왔다. 내가 우체통을 바라보면서 그 목소리에 귀를 기울이자, 그 몸뚱어리도 나만큼이나 달아올랐고, 스스로의 역할과 목적, 그리고 가치를 당당히 알리게 되어 기쁘다고 말하는 것 같았다.

오랜 해외여행 중에 더러 느끼는 이상 상태, '히스테리아 시베리아카'였다. 이를 여행 아닌 여행에서 느낀 것은 처음이었다. 하지만 이후 나는 어쩐지 넉넉해지고 생기 있어졌다. 며칠이 지난 뒤에도 그때의 느낌과 생각을 곱씹곤 했다.

이 짧은 여행에서 가장 특별했던 것은 특별한 일이 하나도 일어나지 않았다는 것이다. 그 후 나는 유명하든 유명하지 않든, 가깝든 멀든, 또는 친숙하든 이질적이든 여행지의 특성과 상관없이 기존의 생각이 전환되는 경험들을 하게 되었다. 그러면서 많은 것을 얻은 여행과 그저 어느 곳에 갔다가 돌아왔을 뿐인 예사로운 여행이 어떻게 다른지 깨달았다.

사람들은 기억에 남는 여행을 하는 동안에는 마음의 다른 부분으로 되돌아간다는 것을 느끼게 된다. 누구나 마음이 이렇게 움직인다면 여행의 경험이 더욱 다양하고 알뜰해질 것이다. 이러한 마음의 변화는 스스로도 알아채지 못할 정도로 자연스럽게 일어난다. 하지만 그런 변화를 일부러 불러낼 수도 있을 것 같다. 어쩌면 도로나 선로, 탈것과 통행로를 만드는 이들이 자기가 하는 일의 성격을 짐짓 알고 그것들을 만들어낸다면, 나그네는 여정旅程에서 으레 그런 변화를 느끼게 될지도 모른다.

이따금 나는 세계의 수십억 여행자들이 날마다 세계 도처에서 우주라는 목적지를 향해 지구 밖으로 여행을 떠나는 광경을 상상해보곤 한다. 우주여행 시대는 아직 오지 않았지만 그런 꿈을 지녀본다는 것은 소중하다. 우리가 여가를 즐기기 위해 여행을 떠난다는 단순한 행위와 사실, 그것을 삶의 가장 필요하고 만족스러운 일로 즐기고 이를 소중히 여기는 것은 여행 중에 느끼는 특별한 느낌들 때문이다. 우리가 일상생활에서 먹고, 자고, 사랑하는 것이 그렇듯이, 여행도 우리 삶에 꼭 필요하다고 여기고 여행해야 한다.

그냥 예사롭게 돌아다니기만 해도 마음의 감각들이 되살아난다. 하지만 새롭고 값진 것을 찾기 위해, 좀더 넉넉한 기쁨을 맛보기 위해, 또는 예기치 못한 아이디어나 느낌을 떠올리고 생각을 가다듬기 위해 여행을 하다보면 스스로도 놀랄 만한 새로운 발견과 경험을 하게 될 것이다.

낯선 하나는 익숙한 여럿을 일깨워준다.

여행, 연금술

여행지까지 소요되는 시간을 아까워하는 이들이 많다. 놀이공원에서 기구를 타기 위해 줄을 서서 기다리듯이, 길 위에서 보내는 시간을 '소비', '손실', '비효율'로 여기는 것이다.

이런 느낌은 왜곡된 고정관념 탓이지 여행의 본질을 고려하면 결코 그렇다고 볼 수 없다. 이런 잘못된 생각이 굳어지면 여행과 여행가방의 이동을 동일시하는 이른바 '소포 이론Parcel Theory'에 빠질 수도 있다. 이런 착각이나 오해가 해소되어야만 여행의 의의가 새롭고 선명하게 드러날 수 있으며, 좀더 보람된 여행을 할 수 있다. 그래야만 우리 안에 살아 있는 역동적인 마음이 움터서, 시계처럼 규칙적인 여행에서 벗어나게 되는 것이다.

여행을 뜻하는 영어 'travel'의 원형은 '올가미trap', '골칫거리trouble', '괴로움torment' 같은 말이었다고 한다. 라틴어로 거슬러 올라가면 '고문도구tripalium'에서 유래했다고도 한다. 그 옛날 굶주리지 않기 위해 이동을 거듭했던 수렵민, 살기 위해 낯선 땅으로 이동한 난민, 이민 등의 고통스러운 상황이 이 여행이라는 낱말 속에 포함된 것인데, 그렇다면 오늘날의 여행과는 구별되어야 하겠다. 마치 성性이 번식을 위한 행위였으나 지금은 행복과 쾌락을 위한 사랑으로 바뀐 것과 같이 여행의 개념 또한 바뀌어야 한다.

오늘날 우리에게 여행은 시야를 넓혀주고 마음의 가장 내밀한 면을 회복시켜주면서 하늘 높이 상상의 날개를 펼칠 수 있도록 우리를 쏘아 올리는 발사대다. 언제나 하고 싶은, 우리에게 실존의 기회를 제공하는, 우리 삶에 없어서는 안 될 소중한 보물이다. 인간의 행복을 위해서는 여행이 제대로 인식되어야 한다.

여행의 '엘릭시르elixir', 즉 연금술이 필요하다.

여행, 자각몽

《뉴요커》의 기자인 토니 히스는 『깊은 여행The Experience of Travel』이라는 저서에서 '여행이란 자신을 되찾게 하고 오래되고 선천적인 고정관념을 바꾸게 하는, 깨어 있는 의식의 변종'이라고 말했다. 이런 여행은 우리도 모르는 사이에 우리를 찾아와 우리를 놀라게 하기도 하지만, 우리가 먼저 찾아내고 가려낼 수도 있다. 그것과 한데 어우러지고 버무려지다 보면 기회는 언제든 찾아오고, 그 새록새록한 맛을 부단히 맛볼 수 있다.

여행이 주는 색다른 느낌을 가까이하게 되면 예사로운 것에서도 새로운 맛을 느끼게 되고, 나아가 삶을 송두리째 바꾸게 되기도 한다.

처음에는 좀 혼란스럽기도 할 것이다. 노트북에서 눈을 들어 창밖의 풍경을 그저 바라보는 것처럼 자연스러운 과정이기는 해도, 결과적으로 불쑥 차선車線을 바꾼 것 같은 효과를 주기 때문이다.

이처럼 깊고 넉넉한 여행은 마치 비 온 뒤의 햇살처럼 범속한 것들을 촘촘하고 밝게 드러내준다. 그런 여행은 어찌 보면 고고한 달빛 같다. 앞으로 어떤 것을 얻게 될지, 또 어떤 일이 가능할지에 대한 감각을 지니게 해주기 때문이다. 마치 꿈꾸는 중임을 알면서 꿈을 꾸는 자각몽自覺夢, Lucid Dreaming과도 같다.

프로이트가 말했듯이 우리는 꿈을 통해 자신의 재능과 상상의 힘을 발견하고 놀라는 때가 많다. 꿈은 우리가 세상에 대해 품고 있는 생각들을, 그리고 세상이 어떻게 돌아가고 있고 무슨 의미를 지니고 있는지, 또 어떻게 돌아갈 것인지에 대한 우리의 가정假定들을 부풀려서 보여준다. 그래서 우리의 눈을 새로이 뜨게 한다. 실제의 꿈이 아닌 자각몽일 경우에는 불현듯이, 그리고 아무런 위협이나 위험도 없이 그런 가정들에 도전할 기회를 갖게 된다. 능숙한 여행자가 그러하듯이.

꿈과 여행은 닮아 있다. 익숙한 것들이 낯설어진다는 것도, 귀 기울여 들을 만한 이야깃거리가 많다는 것도 비슷하다. 여행의 도정에서 얻은 예기치 않은 발견들을 하나둘 자기 것으로 만들다보면, 어쩌면 꿈은 현실이 될지도 모른다.

여행의 마음

'파랑새'는 희망과 행복의 대명사로 사용된다. '파랑'이란 빛깔 자체가 그런 의미를 내포하고 있다. 세계의 평화와 행복을 상징하는 유엔[UN]도 이 빛깔을 즐겨 사용한다. 푸른 하늘, 푸른 바다, 푸른 숲 등 파랑은 모두 탁 트이고 고즈넉한 이미지다.

마테를링크는 「파랑새」라는 제목으로 동화를 썼다. 치르치르와 미치르 남매가 파랑새를 찾아 산을 넘고 물을 건너 온 세상을 여행하지만 끝내 찾지 못하고, 실의 끝에 집에 돌아와 보니 집에 있는 새가 파랑새로 바뀌었다는 상징적인 이야기다.

우리는 이 이야기의 교훈을 잘 알고 있다. 행복이란 가까운 데서 찾을 수 있다는 것이다. 우리 가까이, 일상의 작은 기쁨 속에서. 그런데 이 교훈을 여행에 잘못 적용하면 굳이 먼 곳을 여행하느니, 가까운 주변에서 행복이나 새로운 어떤 것을 찾으라는 뜻으로 해석할 수 있다. 하지만 이야기를 꼼꼼히 읽어보면, 그들이 온 세상을 두루 여행했기 때문에 파랑새 아닌 새에서 파랑새를 발견했다는 것을 알게 될 것이다. 평범한 일상에서 새로움을 느끼는 예지, 이것은 여행을 통해 얻을 수 있는 보물이다.

인간에게는 파랑새가 꼭 필요하다. 그렇기 때문에 우리는 그것을 스스로 만들어내야 한다. 희망도, 꿈도, 사랑도, 행복도, 모두 찾아 나서지 않으면 결코 발견할 수 없다. 감나무 밑에서 홍시가 떨어지기만을 기다리기보다는 스스로 감을 따야 하듯이 행복도 즐거움도 스스로 만들어야 한다.

여행은 '파랑새'를 찾기 위한 하나의 과정이요 수단이다. 여행은 여행지에서 돌아와 일상에서 다시 시작하는 것이다. 어떤 장소에 갔다 오는 데 그치지 않고, 그곳에서 느꼈던 새로움을 다시 감각해야 한다. 그런 순간에 치르치르와 미치르처럼 새로운 눈을 갖게 된다.

여행할 때 우리는 원래의 목적지로 향하면서도 동시에 낯선 길로 벗어나 새로워진다. 곧바로 산 너머로, 바다 건너로 이끌려 가고, 떠밀려 간다. 그리하여 도착한 곳은 이전에는 존재하지 않았던 어느 역의 승강장이다. 그 단순하고 튼튼한 승강장에서 우리는 새로운 마음상태에 사로잡힐 준비를 한다.

내가 비행기나 버스보다 기차로 여행하는 것을 좋아하는 것은 비록 짧고 평범한 여행이라 할지라도 목적지에 도착함과 동시에 기분까지 고양되는 일석이조의 효과가 있기 때문이다. 묘하게도 나는 기차여행을 할 때 정신적으로 가장 생산적인 시간을 보낸다. 차창 밖으로 한가롭게 스르륵 지나가는 풍경을 바라보고 있다보면 나는 멍청해진다. 그러다가 문득 떨림 같은 것을 느낀다. 떨림이라기보다 전율이라고 하는 게 좋을, 어떤 번득임을 경험하는 것이다.

시상詩想도 기차여행 중에 가장 많이 떠오른다. 때로는 대담한 생각들이 떠오르기도 하며, 그동안 갖지 못했던 고립과

정지의 시간이 마련되기도 한다. 열차 안에서 풍경을 스케치하지는 못하지만 마음의 캔버스에 그리는 그림은 환상적이고 시적이다.

열차의 속도감이 마음을 내달리도록 부추기고, 눈은 시시각각 빠르게 지나가는 풍경들에 고정되어 그 물체들을 새롭게 이해한다. 이따금 느낌들이 무중력상태로 이끌려 부드럽게 내 마음에 안긴다. 그러다 마음은 좀더 자유로워지고, 눈은 통찰력을 지니려는 듯, 움직이는 지평선에 꽂힌다. 몸과 마음이 모두 새로운 영역으로 향하는 터널이 된다.

그럴 때 옆자리에 마음에 드는 상대라도 앉는다면 뜻하지 않았던 행운의 시간을 갖게 된다. 육체의 가장 깊숙한 영역에 황금의 다리가 놓인다. 생명의 힘이 양끝을 마구 흔들면 둘은 하나로 녹아내린다. 춤추고 파도치는 에너지가 그 어떤 경계도 없이 버무려져 세찬 힘 앞에 실체 없이 함몰되는 순간, 육체는 증발하고 마음만 남는다. 세상에서 가장 위대한 음악, 존재 전체에서 일어나는 모자람도 남음도 없는 떨림, 전율, 절묘한 환희. 이것이 여행의 마음, 여심旅心이다.

깨어 있는 여행

먹는다는 것은 중요한 일이다. 생명을 유지하는 첫 번째 조건이다. 무엇보다도 먹는 즐거움이 삶의 기쁨 중 으뜸이라는 것을 큰 병을 앓은 뒤에야 비로소 깨달았다. '음식은 양생의 기본'이라고 하듯, 먹고 마시는 행위는 인간생활의 기본임을 나이를 먹을수록 실감하게 된다.

오랜 시간 거의 무의식적으로 젓가락질을 하며 음식을 입에 옮길 뿐 미각으로 음미하지 못했다는 것, 삶의 기본적인 것을 놓치고 살아왔다는 것을 뒤늦게 깨닫고는 여행 중에 꼭 그 나라 특유의 요리를 찾아 먹으려고 애썼다. 그래서 여행지에서 시장에 들르는 일을 잊지 않았다.

파라솔마다 점포가 하나씩 서는 곳도 있고, 차양을 길게 늘어뜨린 검푸른 텐트에 여러 점포 또는 음식점이 함께 들어서 있기도 했다. 같은 유카탄의 빵이라고 해도 팔렌케, 욱스말, 치첸이트사, 티칼 등 지역마다 종류가 다양하고, 같은 독일의 빵이라고 해도 라인란트, 뉘른베르크, 슈바르츠발트의 것이 제각기 맛을 달리한다. 대체로 어느 나라든 시골로 갈수록 빵은 점점 커진다. 큰 방석만 한 빵도 있다.

음식을 먹는 일이든, 여행을 하는 일이든 행위 하나하나를 제대로 맛보면서 한순간 한순간을 소중히 보내는 것이 무엇보다 중요하다. 맛본다는 것은 미각만의 일이 아니다. 오감 전부가 힘을 합해 한 세계를 이룩하고 참맛을 느끼게 한다. 여행 중에 보는 풍경도 그렇다. 눈에 보이는 것은 무엇이든 꼼꼼히 살펴보면 제각기 흥미 있는 형상을 하고 있다는 것을 알 수 있다. 각각의 빛깔이 있고, 선이 있고, 음영이 있고, 질감이 있다. 이렇게 풍경에 눈뜨게 되면 오감 외에 또 하나, '예감'이라는 신기한 감각이 생겨난다. 이른바 제6감, 즉 인간의 무한한 능력 속에 도사린 이 보고寶庫를 여행은 일깨워준다.

이 예감이 있어야만 스스로의 삶을 제대로 맛볼 수 있다. '아, 나는 살아 있구나!' 그 진실을 온몸으로 느끼는 그런 순간을 나는 여행길에서 체험했다. 이 깨달음이야말로 주어진 삶에 대한 최상의 대응이 아닐까. 그것이 '시한부 인생'을 연명시켜주지 않았나 싶다.

우리는 과연 어디로 가고 있는 걸까. 알 수 없는 노릇이다. 일찍이 소월이 '칼날 위에 춤추는 게 인생'이라 했듯이, 확실한 것은 죽음으로 향하고 있다는 사실뿐이다. 죽음 뒤에 무엇이 있는지에 대해서는 그 누구도 확실히 대답하기 어렵다. 그러나 여행이 우리에게 살아가는 길을 가르쳐준다는 것만은 분명하다. 그러므로 여행 중에는 늘 깨어 있어야 한다.

시의 마음은 여정이요 연정이다

여행을 떠나기 전 한 달 동안 산사순례를 했다. 귀국 후 감사의 뜻으로 이 고즈넉한 암자들에 일주일 남짓씩 머무르며 스님들에게 시를 가르쳤다. 시는 한문자 '詩'에서 보이는 것처럼 '절寺'의 '말言'임을 강조하면서, 시를 익혀야만 법문을 잘 간추릴 수 있다고 권유했고, 머물렀던 사찰마다 기꺼이 한시적 문예강좌를 마련해주었다.

나는 시 강의만이 아니라 여행담과 사랑 이야기를 곁들이며 특히 동자스님들의 관심을 끌었다. 메타포의 묘법을 가르치면서 '여정旅程은 연정戀情이요' '삶이 멜로디라면 사랑은 리듬이며 죽음은 축제를 위한 취주악'이고 '죽음의 그림자도 사랑의 빛으로 밝힐 수 있다', '인간은 여행하지 않으면, 그리고 사랑의 의미를 모르면 언어를 만들 수 없다'는 등의 강의를 하면서 아폴리네르의 「미라보 다리」를 소개한 후 「사랑의 다리」라는 시나 산문을 써보라고 했다. 그러면서 글을 쓰려면 우선 '떨림' 즉 감동이 있어야 한다고 강조했다. '떨림'을 주는 것은 여행과 시작詩作 그리고 종교의 원초이기 때문이다.

사람이 '떨림'을 갖는 것은 그 사람의 마음이 아름다운 탓이다. 이런 값진 감동을 여행 또는 사랑에서는 언어로, 스님은 법어로 존재화하는 것이다. 눈으로 볼 수 있는 것은 무엇이나 표현이다. 문제는 여행을 아름다움과 그 눈뜸의 실체로서 어떠한 언어로 형상화시킬 수 있느냐에 달려 있다.

가는 곳마다 대자연은 시이자 그림이며 언어의 빛깔을 지닌 상형물이다. 자연의 언어에 대한 마법의 감성, 그것이 여정旅情이기도 하다. 다양한 말에 대한 그 어떤 해석, 그 해답에 대한 갈망, 그 모든 것들이 여행이요 사랑이다. 그 뒤에 숨어 있는 예감, 갈망, 경이로움, 사랑의 비밀에 대한 원초적

충동, 그것은 여행이 우리에게 주는 인간성 회복의 뿌리다.

산사의 가을은 고요하고 아름다웠다. 푸른 볕살이 홍엽을 투시했다. 이런 아름다움을 스님들이 아무리 서경叙景해도 좀처럼 시가 움트지 않는다. 그래서 나는 '사랑의 다리'를 놓아보라고 했다. 풍경이 하나의 시로서 언어에 의해 살아날 수 있게 하려면 사랑하는 마음의 풍경으로 이미지화해 마음의 그림을 그려야 한다. 사람을 그리워하고 사람을 위해 울고 웃어야 한다. 그때 고즈넉한 눈길을 던지는 마음속에 가을의 볕살이 어떤 빛깔과 그늘로 짜이느냐에 따라 풍경이 시가 될 수 있고 떨림이 될 수 있다.

그리움 때문에 낯선 곳으로 여행을 떠나고 시를 쓰는 것이라고 가르치면서, 그러니까 시의 언어는 절의 언어처럼 경건한 아름다움이며 자비라고도 했다.

사랑과 여정旅情은 새것을 발견하려는 정신이다. 길가의 하나하나가 예사로이 보이지 않아야 한다. 하다못해 낙엽 한 장도 결코 예사롭지 않아야 한다. 그것에 대한 나름의 감성과 철학이 떠올라야 한다.

일찍이 프랑스 상징시의 길을 열었던 보들레르가 「이국향기」에서 '이 세상은 한낱 관찰의 대상이 아니고, 새로운 것을 끌어들이는 과정'이라는 글을 소개했을 때 스님들은 그네들의 수양과정이 보들레르가 말한 여정과 도피정신이라며 크게 공감해 마지않았다.

보들레르가 말한 도피는 등짐, 고정관념의 깨어짐, 자기 찾기, 새것 찾기, 발상의 전환이며 이는 여생의 본령과도 통한다.

금녀의 삶터에서 사랑을 가르친다는 것은 퍽이나 조심스런 일이다. 하지만 나는 사랑, 즉 자비의 충동이 없다면 굳이 시를 쓸 필요가 없다고 했다. 뭔가 그리움이 묻어 나와야 여행과 시가 사람에게 감동을 줄 수 있다. 물론 거기에는 솔직함, 진솔함이 깃들어야만 한다.

일주일 남짓 이런 강의를 하다보니 젊은 스님들 가운데 차츰 시적 충동이 일기 시작했고, 꾸밈없는 솔직한 고백들이 의외로 많이 보였다. 허구의 옷을 입혔지만 그 저변에는 흔들림 없는 진실이 있었다. '진아眞我' 찾기, 자연에 대한 사랑

찾기, 그런 시가 '사랑의 시'의 진실함이자 절실함이다.

산사에 머무는 동안 무성한 숲을 헤치며 산속 깊이 들어가는 행선(行禪)을 곧잘 즐겼다. 그러다가 가파른 암벽을 오르기도 했다. 사색과 모험을 겸한 가벼운 여행을 한 셈이다. 그러다가 숨이 차서 털썩 주저앉는다. 그때 문득 바라보는 자연이 왜 그렇게 아름다웠던지, 하염없는 눈물이 흐르곤 했다.

그와 비슷한 감동을 히말라야와 안데스와 알프스에서 느껴 보았지만 세계의 명산보다 그 규모나 명미함이 훨씬 뒤지는데도 왜 눈물겨우리만큼 감동했을까. 왜 그렇게도 하늘이 해맑고 곱게 느껴졌을까. 여러 번 보았던 풍경들인데도 새삼스레 환희와 회한으로 가슴이 뭉클해진다. 긴 여행 끝에 얻은 값진 소득이라고나 할까……

3부 돌아온 뒤의 여행

기억의 앨범

나는 여행이 끝나면 두 개의 앨범을 가지고 일상으로 돌아온다. 하나는 여행 중에 찍은 사진들을 모은 앨범이고, 다른 하나는 마음의 렌즈로 찍은 기억의 앨범이다.

디지털카메라가 나온 후에는 필름 걱정 없이 마구 셔터를 누르게 되었지만, 돌아와서 곰곰 살펴보면 기억의 앨범에 길이 간직할 만한 풍경은 한 장을 갖기가 어렵다.

지인들이 어느 곳이 가장 좋았느냐고 물을 때면 무척 난처해진다. 그런 곳은 어김없이 기억의 앨범에만 붙어 있기 때문이다. 그럴 땐 차라리 기억의 앨범에 꽂힌 사진들을 하나둘 꺼내본다.

이탈리아
피렌체-로마-시칠리아-베로나-베네치아-코모

여장을 풀었다. 단테기념비가 서 있는 산타크로체 광장이 내다보였다. 13세기 후반, 단테는 이 동네에 살면서 『신곡』을 썼다.

피렌체를 찾는 사람은 산타마리아 델피오레 대성당, 아르노 강에 놓인 폰테 베키오, 그 강변에 자리한 우피치 미술관에 꼭 들른다. 단테가 태어났을 무렵의 피렌체는 대개 이 세 명소로 둘러싸인 좁은 지역일 따름이었다. 이 구시가 지역을 '포르타 산 피에트로'라고 부르는데, 그 구역 내에 단테의 생가가 있었다고 추정된다. 그의 생가가 보존되어 있지 않은 것은 의외였다. '단테의 집'이라고 불리는 건물은 있다. 교회

당 건물을 개조한 것으로 단테의 유물들이 안치되어 있다. 베아트리체에 관한 자료를 찾아보려 했지만 쉽지 않았다.

단테가 베아트리체를 처음 만난 것은 1274년, 그의 나이 아홉 살 때였다. 구 년 뒤인 1283년, 단테는 베아트리체를 다시 만나게 되었고 깊이 사랑에 빠졌다.

'베아트리체'란 여성이 과연 실재했는지, 단지 상상의 소산인지 의견이 분분하다. 베아트리체 실재설을 주장하는 이들에 따르면 그녀는 피렌체 시 명문가인 포르티나리 집안의 고명딸이었다. 단테의 집 근처에 포르티나리 집안의 집이 있었으므로 두 사람이 어렸을 때부터 아는 사이였으리라는 것이다. 단테가 열여덟 되던 해에 베아트리체와 '운명적인 만남'을 갖게 된 것은 아르노 강 근처, 지금의 폰테 베키오 북쪽이었다고 한다. 그러나 그날 단테는 간절한 연모의 정을 고백하지 못했다. 단테의 마음을 알지 못한 베아트리체는 1288년에 역시 그 동네에 사는 시모네 데파르디와 결혼했고, 첫아이를 출산하다가 세상을 떠나고 말았다.

단테는 베아트리체의 죽음을 뒤늦게 깨닫고, 한동안 회한의 세월을 보내다가 1291년부터 베아트리체의 부활을 기리는 시를 쓰기 시작했다. 그녀를 찾아 저승을 헤매는 사랑의 여행을 그린 그의 시편에는 "베아트리체, 나의 마돈나, 나의 여인!"이라는 호칭이 자주 반복된다. 단테는 베아트리체 찬미시를 묶어 「신생新生」이라는 제목으로 상재했고, 이어 1307년경부터 죽을 때까지 베아트리체를 찾아 지옥·연옥·천당을 찾아가는 『신곡新曲』을 집필했다. 사랑하는 연인에 대한 지극한 사랑이 르네상스의 기폭제가 된 위대한 걸작을 탄생시킨 것이다.

단테는 피렌체 태생으로, 누구보다도 이 도시를 아끼고 사랑했다. 이 도시를 위해서라면 무엇이든 아끼지 않을 만큼 애향심이 강했다고 후세인들은 기록하고 있다. 하지만 불행히도 권력투쟁에 말려들어 1302년, 서른일곱의 나이로 피렌체에서 '영구추방' 명령을 받았다.

그 후 단테는 이탈리아 각지를 떠돌아다니면서 모든 것을 잊고 오로지 『신곡』을 대서사시로 만드는 구상에만 골몰했다. 1318년, 그의 나이 쉰세 살 때, 피렌체에서 멀지 않은 라벤나의 영주 귀도 폴렌타의 후원으로, 그곳에 가까스로 정착하면서 시집 집필에 박차를 가했다. 1321년 영주의 사절^{使節}로 꿈에 그리던 피렌체를 찾았으나, 말라리아에 걸려 오래 머무르지 못하고, 결국 라벤나 자택으로 돌아오자마자 세상을 떠났다.

단테가 한 많은 삶을 접고 이승을 떠난 후, 피렌체 시는 단테를 추방한 잘못을 뉘우치고 그의 육체와 유물을 피렌체로 옮겨 오려고 애썼다. 물론 자존심 강한 라벤나 시민들이 이를 단호히 거부하여 단테의 무덤 등 그의 유적들은 거의 라벤나에 남아 있다.

이탈리아를 여행할 때 꼭 지니고 다니는 책이 있다. 괴테의 『이탈리아 기행』과 안데르센의 장편소설 『즉흥시인』이다. 이 두 명지는 이방인이 본 이탈리아에 대한 인상을 선명하게 묘사하고 있어, 역시 이방인인 나도 공감하는 부분이 많다.

괴테는 서른일곱 살 때 이탈리아에 대한 동경을 참을 길이 없어 바이칼 공화국의 수상 자리를 헌신짝처럼 내버리고 애인도 뿌리치고서 이탈리아를 두루 편력했다. 그는 북부 이탈리아를 먼저 여행한 뒤 동경의 도시 로마로 향했다. 11월 1일의 만성절萬聖節에 맞추어 로마에 당도하려고 했던 그는 피렌체 등을 스쳐 지나, 로마를 향해 마차를 몰았다.

급히 서둘렀던 탓으로 로마 북쪽 성문에 도착한 것은 만성절 며칠 전이었다. 예사 사람 같으면 하는 수 없이 로마 시내로 들어갔겠지만, 괴테는 만성절의 행렬이 굽이치는 로마시에 자기의 첫 발을 딛기 위해 11월 1일까지 교외에서 하염없이 기다렸다. 그만큼 로마에 대한 기대가 컸던 것이다.

로마 체류 중의 기행문에서 그는, 정신을 고양시킬 수 있는 훌륭한 것들 속에 온통 휩싸여 있으니, 얼마나 행복한지 모르겠다며, 소년 같은 감상을 거리낌 없이 쏟아놓았다.

괴테의 문학세계는 이탈리아여행을 기점으로 크게 변모되었다. 로마는 시골사람의 소박한 마음으로 뛰어 들어온 이 소년 같은 문호에게 자기 매력을 한껏 느끼도록 해주었고, 그가 세계 문학사상 기념비적 대작가가 되는 데 크게 기여했다. 이렇게 로마는 스스로의 속성과 본질을 충분히 터득한, 자신이 무엇을 원하고 있는지를 짐짓 알고 있는 그런 사람의 정열에는 아낌없이 부응해주지만, 아만我慢에 빠진 자에게는 아무것도 주지 않는, 그런 도시다.

나 자신을 돌이켜본다. 잘나가던 시절에 나는 여러 차례 로마를 다녀갔다. 하지만 모든 영화榮華를 내던지고 마음을 깡그리 비운 지금에야 비로소 로마는 나에게 무엇인가를 줄 것만 같다.

Roma를 거꾸로 읽으면 Amor, 곧 사랑이다.

과문인 탓인지도 모르지만, 이탈리아에는 유령이 나오는 얘기가 없는 것 같다. 언젠가 스코틀랜드 성城의 역사에 대해 쓴 책을 읽다가 이탈리아 유령 이야기를 한번 써보고 싶어 도서관을 찾아 며칠을 뒤적거렸지만 허사였다. 우리나라 도깨비 얘기처럼 장난기 많은 소악마 얘기는 더러 있었지만, 한恨을 품은 망령亡靈에 관한 이야기는 눈을 씻고 찾아봐도 없었다. 메마른 공기 탓일까, 발랄하고 낙천적이고 현실적인 성정 때문일까. 이곳 이탈리아에서는 뼈조차도 흔들어대면 소리가 날 것 같은, 그런 기분이 든다.

베네토 거리로 접어든다. 고급호텔과 옥외 카페가 줄지어 늘어선 거리는 세계 각국에서 찾아온 관광객들로 붐빈다. 페데리코 펠리니 감독의 명화 〈달콤한 인생〉이 이 거리를 무대로 했다. 그런 거리 한구석에 '해골사원'이 숨어 있다.

정면으로 테르미니 역의 하얀 건물이 보이고 그 좌측으로 돌면 디오클레티아누스 목욕탕 터가 있는데, 지금은 로마국립미술관이 자리하고 있다. 이 미술관이 소장한 작품 중에 '루도비시의 비너스'가 있다. 방금 목욕을 끝낸 알몸의 미녀와 그녀에게 봉사하고 있는 여신들의 황홀한 모습이 부조되어 있다(그래서일까. 당국의 관광청은 이곳을 '달콤한 인생'의 원천이라고 선전하고 있다).

'Cimitero('안식처', '묘지'를 뜻함)'라고 적힌 관광안내판이 보인다. 함께 표시된 화살표 방향을 따라 계단을 오르면 묘지가 보인다. 입구에는 프란체스코 종파 특유의 수도복을 걸친 수도사들이 앉아 있다.

입구를 지나 돌계단을 오른다. 돌회랑이 있고, 그 왼쪽에 다섯 개의 석굴이 있다. 회랑은 음침하지만 오른쪽에 가까스로 뚫린 창문 사이로 햇빛이 포물선을 그리며 스며든다. 유령이 나올 것만 같은 분위기다. 인골냄새가 코를 찌른다.

첫 번째 석굴은 여느 사원처럼 소박한 제단이 차려져 있는 평범한 예배당이다. 하지만 두 번째 석굴부터는 인골의 예술이 시작된다.

두 번째 석굴은 여섯 평 남짓 되는데, 천장은 낮고 아치형이다. 정면 벽에는 골반뼈와 크고 작은 여러 뼈들이 교묘하게 장식되어 있고, 좌우에는 수도복을 걸친 해골이 한 구씩 멋쩍게 서 있다. 천장에도 좌우대칭의 장식물이 걸려 있는데 그것들도 모두 인골이다. 바닥은 석조로 장식되어 있다. 군데군데 라틴문자로 새겨진 묘비명이 눈에 띈다. 수도복을 걸친 해골 인형은 가는 끈으로 묶여 있는 것 같다. 프란체스코 특유의 다갈색 두건에 싸인 머리를 앞쪽으로 깊이 숙이고 있다. 서 있건 누워 있건 간에 모두 두 손에 십자가를 꼭 쥐고 있다.

세 번째 석굴로 발걸음을 옮기면 입구부터 바닥이 검은 흙으로 덮여 있다. 흙두덩에는 나무로 만든 듯한 십자가가 줄지어 늘어서 있다. 이곳 역시 대퇴골로 만든 길쭉한 아치가 네 개나 서 있고, 그 아래 수도복을 걸친 해골 인형이 십자가를 들고 서 있다. 이 석굴에는 뼈를 쌓아 만든 큰 제단이 있다. 신학적 의미가 함축되어 있다 한다.

네 번째 석굴과 다섯 번째 석굴은 정면 벽에 수많은 두개골이 장식되어 있다. 네 번째 석굴의 천장 벽면은 화사한 천장화로 가득하다. 단테의 『신곡』에 나오는 장면들이다.

'시칠리아'라고 하면 곧바로 '마피아'를 떠올리는 사람들이 많다. 일찍이 시칠리아는 고대 그리스의 식민지였고 지금도 그리스 고대문명의 유적들이 많이 남아 있다. 아르키메데스가 그 유명한 아르키메데스 원리를 착상하여 자기도 모르게 목욕탕에서 알몸으로 뛰쳐나와 환희에 차 시중을 뛰어다녔던 그 유명한 일화가 만들어진 곳이 바로 시칠리아의 시라쿠사 마을이다. 일찍이 플라톤은 이곳에서 『향연』을 구상했다. 이 섬의 에트나 화산 산록에 있는 카타니아는 19~20세기 이탈리아 예술을 논하는 데 있어 빠뜨릴 수 없는 고장이다. 오페라 〈노르마^{Norma}〉(1831년 초연)의 작곡자인 빈센초 벨리니가 카타니아 출신이다.

마스카니의 출세작 〈카발레리아 루스티카나^{Cavalleria} Rusticana〉(1890년 초연)도 시칠리아 섬의 어느 마을을 무대로 한다. 이 오페라는 1880년에 발표된 동명의 단편소설을 바탕으로 만들어졌다. 작가는 카타니아에서 태어나 카타니아에서 타계한 조반니 베르가다. 그가 태어난 집과 살던 집들이 지금도 그대로 보존되어 있다.

베르가는 이십 대 초에 고향인 시칠리아를 떠나 당시 문화의 중심지인 피렌체나 밀라노의 세련된 문학살롱을 기웃거렸고, 파리의 중앙문단을 동경하며 도시풍의 문학에 십여 년간 골몰하다가 어느 날 갑자기 전기를 맞았다. 문득 고향 시칠리아의 흙에서 문학적 양분을 얻어야 한다고 자각한 것이다.

그는 황급히 짐을 꾸려 고향 카타니아로 돌아왔다. 그리고 그곳 사람들과 그들의 소박한 생활을 시칠리아 방언을 섞어 간결한 문체로 묘사하기 시작했다. 그렇게 쓰인 「카발레리아 루스티카나」를 비롯한 단편들을 모은 것이 단편집 『시골의 생활^{Vita dei campi}』이다. 그가 묘사한 것은 거칠고 무지하며 가난하고 초라한 고향 사람들의 모습이었지만 그들의 마음에는 정념과 영예심이 세차게 불타오르고 있었다. '카발레리아 루스티카나'는 '시골의 기사도'란 뜻이다.

차창 밖이 불그레하다. 노을이다. 여기저기서 어화漁火가 번득이더니 이윽고 베네치아 역에 도착했다. 역 구내에서 호텔을 예약했다. 예약 가능한 호텔 명단에 '베아트리체'란 호텔이 있었다. 예약금을 지불한 뒤 레알토행 여객선을 타고 대운하를 거슬러 올라갔다. 호텔은 좀 낡았지만 내 방은 다행히 운하가 내다보이는 쪽이었다. 창문을 활짝 열어젖히고 침대에 누웠다.

바닷속은 어둡지 않았다. 수면을 뚫고 황금빛 노을이 쏟아졌다. 내가 이렇게 수영을 잘하는 줄은 미처 몰랐다. 나는 산마르코 광장을 춤추듯이 헤엄쳐 갔다. 이따금 무리지어 몰려오는 화사한 물고기 떼가 앞길을 가로막을 따름이었다.

산마르코 성당 앞에 다다랐다. 청회색의 둥근 지붕, 정면의 금빛 모자이크. 네 마리 청동 말 사이를 작은 물고기 떼들이 비집고 지나간다.

주위엔 아무도 없었다. 사람이라고는 눈을 씻고 찾아도 보이지 않는다. 이상한 일이다. 하지만 곧 아무도 없는 것이 당연하다는 것을 깨달았다. 바닷속이었으니 말이다.

오른쪽으로 꼬부라져 두칼레 궁전으로 들어갔다. 입구의 녹슨 쇠문이 거센 파도에 밀려 열리고 닫히기를 반복하고 있다. 정면 계단을 미끄러져 올라갔다. 그 옛날 귀족들만이 천천히 한 계단 한 계단 조심스레 밟고 오르던 계단을. 단숨에 예배당으로 흘러들었다. 틴토레토의 벽화가 오늘따라 흐릿하다. 베로네세의 천장화는 우윳빛으로 매끄럽다.

베란다 쪽 문짝을 세차게 열어젖혔다. 하지만 해저의 모래 언덕에 곤돌라 하나가 덜렁 보일 뿐이었다. 곤돌라는 누군가의 목관처럼 처연했다. 그 밑바닥에 베아트리체가 잠들어 있었다.

열린 창문으로 느닷없이 달려든 해풍에 벌떡 일어났다. 일장춘몽, 아니, 백일몽이었다. 창가로 다가가 대운하를 굽어보았다. 관광객을 가득 태운 배 한 척이 통통거리며 지나갔다. 운하 건너 건물 창문으로 한 여인이 꽃병의 물을 내버렸고,

나는 그녀가 꿈에서 본 베아트리체 같다고 생각했다.

호텔 베아트리체는 그 순간에도 조금씩 바다 밑으로 가라앉고 있었다. 건물 일 층은 거의 사용할 수가 없었다. 몇 년 전만 해도 배에서 내려 몇 계단 올라와야 일 층이었다는데, 이제는 계단이 모두 물에 잠겨 있었다.

사랑의 도시는 그렇게 가라앉고 있었다.

코모에 도착하니 가을 기운이 느껴졌다. 아름다운 호숫가 안개 속에 고색창연한 저택들이 고즈넉이 자리 잡고 있었다. 이곳은 왕년의 명화 〈무도회의 수첩Un carnet de bal〉의 무대로 유명하다.

영화 속의 주인공 크리스틴은 옛 소지품을 정리하다 우연히 수첩 한 권을 발견한다. 수첩 속에는 화려했던 시절, 그녀와 무도회에서 춤추었던 젊은이들의 이름이 적혀 있다. 모두가 그녀에게 뜨거운 사랑을 고백했다. 아름다운 옛 추억에 사로잡힌 크리스틴은 수첩을 더듬어 그 옛날의 연인들을 찾아가보기로 마음먹는다.

가장 먼저 찾아간 곳은 앙드레의 집. 하지만 앙드레가 자신을 너무나 사랑한 끝에 자살했다는 사실을 알게 되고 한동안 멍한 나날을 보낸다. 크리스틴은 다시 용기를 내어 변호사였던 베르디에를 찾아간다. 그는 수지가 맞지 않는 변호사 직을 그만두고 나이트클럽을 경영하면서 뒷구멍으로 갖은 나쁜 짓을 하고 있었다. 그는 오랜만에 만난 크리스틴에게 감언이설을 늘어놓으며 동침을 요구하나 때마침 그의 범죄가 탄로나 침실에서 쇠고랑을 찬다.

실의 끝에 크리스틴은 코모를 떠나 알프스로 향한다. 순수하기 이를 데 없던 시인 에드워드를 만나기 위해서다. 실연의 슬픔을 못 이겨 등산 안내인 노릇을 하며 심산궁곡에서 살고 있던 그와 다시 사랑이 불붙는 순간 눈사태가 일어난다. 크리스틴은 가까스로 구조되어 병원 신세를 진다.

상처를 치유한 다음 크리스틴은 다시 코모로 내려가 옛 연인을 몇 사람 더 만난다. 하지만 모두 기대와는 다른 모습이었다. 젊은 날의 꿈에서 깨어난 크리스틴은 다시 호반의 집으로 돌아온다. 그곳에서 자크라는 청년을 만난다. 그는 수첩에 적힌 마지막 남자 제라르의 아들이다. 과거를 회상하며 지난날의 사랑이 얼마나 어리석었는지 깨닫게 된 크리스 틴은 지금까지 전혀 지녀보지 못한 모성애를 느낀다.

인생의 허무함과 무상을 그린 이 영화의 장면들이 파노라 마처럼 눈앞을 스치고 지나간다. 하지만 이튿날 아침, 〈무도 회의 수첩〉의 무대였던 호텔을 떠나 코모 호반의 선착장에 다다르자 옛 영화의 분위기와는 판이한, 분답한 관광도시의 풍경이 펼쳐져 있었다. 문단에서 한때 '교주'라는 별명까지 얻었던 화사한 젊은 날의 나와 병마에 할퀴인 지금의 나, 둘 사이의 차이만큼이나 풍경은 변해 있었다.

스위스

체르마트–몽트뢰

코모 호를 뒤로하고 알프스행 열차에 올랐다. 북상할수록 산은 준초해지고 산허리에 아담한 호수들이 자주 눈에 띄었다. 이윽고 루가노 시가 차창 밖으로 아스라이 모습을 드러냈다.

언제, 어디서 바라보아도 알프스는 아름답고 넉넉하며 매혹적이다. 파노라마처럼 스쳐 지나가는 산과 호수를 넋 나간 듯 지켜보면서 새삼스레 '풍경'에 대해 생각해본다.

'풍경'을 위해 인간이란 존재는 필요하지 않은 것 같다. 인간이 무용지물無用之物인 것이 풍경인 듯하다. 알프스와 같은 초월적인 풍경은 특히 그러하다. 인간이란 아무래도 좋은 그런 풍경. 순수와 적요寂寥는 우리에게 그만큼 요원한 것일까.

알프스 지역에는 이런 속담이 있다.

"사랑은 시간을 빨리 지나가게 만든다. 그리고 시간은 사랑이 빨리 흘러가게 만든다."

위관기경偉觀奇景, 이처럼 아름답고 청정한 대자연 앞에서는 인공적인 예술이란 것도 하잘것없이 느껴진다. 이곳에서는 예술적 창작의욕이 오히려 쇠잔해질 것만 같다.

그래서인지, 아니면 내가 과문한 탓인지 몰라도 스위스 출신의 위대한 예술가가 별로 눈에 띄지 않는다. 스위스 작가들은 대체로 평생 알프스를 등지고 낮은 지대에서 안주하며 살아왔다. 그들의 작품에서 알프스는 결코 자랑스러운 산으로 미화되지 않았다. 알프스에 감동되고 매혹된 자들은 도리어 외국작가들이었다. 세계최초의 알펜 클럽을 만든 것도 영국의 예술인들이었다.

예술이란 경우에 따라서 자연보다도 위대하지만, 이 엄청난 알프스를 알프스 이상으로 예술화한 사람은 이제껏 없었던 것 같다. 그래도 나에게 알프스의 인상을 심어준 화가가 있다. 세간티니다. 원래 산을 좋아하고, 특히 겨울 산을 좋아해서 알프스를 곧잘 그린 그의 그림에 끌리게 되었다. '한뫼'라는 필명도 그의 그림에서 얻은 것이다.

한뫼의 '한'은 '크다'와 '하늘'이 복합된 낱말이다. 세간티니의 그림이 그러했다. 그가 그린 알프스는 산악이라기보다는 창공이었다. 먼 지평선에 울퉁불퉁한 산파山派가 펼쳐지고, 그 위에 한없이 열린 투명한 하늘이 있다. 그 역시 알프스를 있는 그대로 형상화할 자신이 없었던 것이 아닐까. 차창 밖으로 펼쳐지는 '산의 파도'를 고즈넉이 바라보면서 세간티니의 화폭에 담긴 의미를 살포시 감득하게 된다. 자연은 과연 위대한, 최고의 예술작품이다.

열차는 어느덧 융프라우의 관문인 인터라켄에 다가가고 있었다. 융프라우는 독일어로 '젊은 아가씨'라는 뜻이다. 눈 덮인 완곡한 산용山容을 여인의 새하얀 몸에 비유하여 지은 이름이라고 한다. 하느님이 만든 최고의 예술작품이라는 점에서 둘은 닮아 있다.

체르마트로 향했다. 불현듯이 마터호른에 가보고 싶었기

때문이다.

펙 오래전에 여류 문인들과 사진작가들을 인솔하여 이곳에 온 적이 있다. 그들은 편편한 설원인 융프라우보다도 남성미가 넘치는 마터호른에 한껏 압도되는 듯했다. '호른Horn', 즉 맹수의 '뿔'을 닮은 산을 오르기에 앞서 일행은 뾰족한 산봉우리가 바라보이는 카페에서 술잔을 나누었는데, 평소 수줍어 보이기만 했던 사진작가가 한껏 취해 카페 옆을 흐르는 강물 속으로 풍덩 뛰어드는 소동이 벌어졌다. 우리는 그 강물 바로 옆에 있는 산장에 여장을 풀었다.

산정까지 가려면 우선 고르너그라트로 가야 했다. 거기서 슈톡호른까지 로프웨이로 올라가면 느긋하게 파노라마를 즐길 수 있다. 가장 멋있는 각도에서 마터호른을 조망할 수 있는 조망대까지 일행을 안내하고, 다시 마을로 직행하는 전차에 모두를 태워 내려보낸 다음, 나는 도보로 하산하기로 했다.

한참 동안 험준한 구부렁길을 내려가자, 군데군데 산장이 눈에 띄었다. 아슬아슬한 단애 위에 레스토랑이 있었다. 신기해하며 주위를 두리번거리고 있는데, 레스토랑 베란다에서 스위스 민속의상 차림의 아가씨가 큰 소리로 나를 불렀다.

"헤이, 미스터! ……무슈, 아나타!"

나를 일본인으로 안 모양이었다. 때마침 목이 마르기도 해서 베란다로 올라갔다.

"아나타 니혼진?"

나는 싱긋 웃으면서 고개를 저었다.

영어를 하느냐는 말에 나는 고개를 끄덕이며, 조금 할 줄 안다고 대답하고 커피를 한잔 주문했다. 그곳에서도 마터호른이 선명했다.

예봉銳鋒을 유심히 관조했다. 지금까지 보아온 거봉과는 전혀 다른 느낌이었다. 웅장하다기보다는 경외감敬畏感이라고나 할까, 두렵기도 하고 놀랍기도 했다. 빛의 가감加減 탓일까, 아니, 빛의 요술이라고나 할까……. 기묘하고 신기하고 신비로웠다.

아가씨가 커피잔을 들고 왔다. 서비스라며 과자도 가져왔다. 손님은 나 혼자뿐이었고, 주방에도 여느 사람이 일하고 있는 것 같지 않았다.

"옆에 앉아도 돼요?"

"물론이죠. 빌코멘^{Willkommen}."

"독일어도 하시는군요."

"조금은요. 하지만 한국말을 더 잘하지요."

"아! 한국인이시군요. 요즘 한국분들이 자주 오시지요. 직업은요? 혹시 화가?"

내가 베레모를 쓰고 있어서 그렇게 본 모양이다.

"조금 그리는 시늉을 하지만, 난 시인이에요."

"그럴 줄 알았어요. 어쩐지 첫인상이 무척 센티멘털하다고나 할까, 아니, 로맨티시스트일 것만 같았어요."

그녀는 그동안 말이 마려웠는지, 마치 옛 지기^{知己}를 만난 것처럼 거침없었다.

"영어나 독일어로 쓴 시 한 편쯤 암송해주실 수 있어요?"

독일어로 번역된 시 「라인 와인^{Rhein Wein}」이 여행수첩에 적혀 있어 그녀에게 대신 읽어달라고 부탁했다.

붉은 와인 속에

가득한 당신의 슬픔

하얀 와인 속에

떠오르는 당신의 외로움

이렇게 시작되는 이 시를 그녀는 사뭇 심각한 표정으로 읽어 내려갔다.

커피 한잔만 마시고 가기엔 너무 미안해 와인과 간단한 안주를 시켰다. 이윽고 이탈리아 와인과 피자가 식탁에 놓였고, 칸초네가 은은히 들려왔다. 찬 공기 속을 흐르는 멜로디. 음악은 마터호른의 영기에 얼어붙는 듯했다.

"이탈리아 사람이군요."

"네, 저쪽 계곡을 넘어서면 이탈리아, 내 고향이 있죠. 피에몬테예요. 건강이 좋지 않아 언니 내외의 휴가 중에 가게를 지키고 있던 참이지요. 참, 이 와인은 이탈리아 특산품으로 '발바레스고'라고 해요."

"라인 와인이나 보르도 와인은 많이 맛보았는데 이 와인은 처음이네요."

"프랑스에 보르도와 부르고뉴, 독일에 라인, 모젤이 있다면, 이탈리아에는 피에몬테와 토스카나가 있지요. 이 와인은 우리 작은아버지가 손수 빚은 건데, 작년에 '올해의 와인'으로 뽑혔어요."

얘기를 나누는 동안에 우리는 취기가 돌았고, 잘 맞지 않는 칸초네 리듬을 무시하고 함께 춤을 추었다. 술김에 마터호른을 배경 삼아 베란다 난간에 기대앉은 그녀의 모습을 스케치해주었다.

"대자연 앞에 서면 나도 한낱 풍경일 따름이리!"

"아가씨도 어느덧 시인이 됐네요!"

어느덧 해가 기울었고, 그녀가 건네준 서치라이트를 켜 들고 가까스로 산마을로 돌아왔다.

그 추억이 못내 그리워 다시 마터호른에 들른 것이다. 그 아가씨는 아직 그 산장에 있을까. 만에 하나 아직도 있다면, 이번에는 숙련된 솜씨로 멋있게 초상화를 그려줄 생각이었다. 가슴 졸이며 달려간 레스토랑은 그러나 텅 비어 있었다.

무거운 발걸음으로 내리막길을 내려왔다. 하늘과 숲이 노을빛으로 물들어가고 있었다. 나는 그 빛 속에 안기어 떠돌고 있었다.

체르마트 여관으로 돌아오기 무섭게 잠에 빠져들었다. 새벽녘에 눈을 떴지만, 그녀의 환상이 좀처럼 가시지 않았다. 우유와 토스트로 아침을 때우고 제네바행 열차에 올랐다.

시옹 성은 시인 바이런이 울적할 때면 즐겨 찾았던 곳이다. 그는 영국 낭만주의를 대표하는 시인으로, 그의 사랑 시는 지금도 많은 연인들에게 애송되고 있다. 당대에도 그런 시풍 때문에 뭇 여성들에게 인기를 독차지했으나, 이를 시새움하는 무리들이 스캔들을 조작하는 바람에 바이런은 스위스, 이탈리아 등 중남부 유럽으로 긴 여행을 떠났다.

라인 강, 스위스 알프스 등을 묘사한 바이런의 작품들은 영국 낭만주의 최고의 작품으로 손꼽힌다. 특히 스위스의 풍광을 사랑했던 그는 호반의 아름다운 정경을 묘사한 시를 많이 썼으며, 서사시 「시옹의 죄수The Prisoner of Chillon」라는 작품으로 시옹 성을 명소로 만들기도 했다.

시용 성은 몽트뢰 남쪽 이 킬로미터 남짓 되는 곳에 자리하고 있다. 레만 호에 돌출해 있는 이 성은 11세기경에 건조된 고성으로 지하에는 유명한 감방이 있다. 「시용의 죄수」의 주인공인 제네바의 수도원장 보니바르는 이 지하 감방에 사년간 투옥되었다. 영주에게 반항했다는 죄목으로 갖은 어려움을 겪었는데, 고통에 못 이겨 자결까지 시도했다고 한다. 바이런은 이 감방에서 그를 기리는 시를 썼고, 감방 돌기둥에 자신의 이름을 새겨놓았다. 폭군의 압정에 저항하다 비극을 맞은 지사에게 깊은 감동을 받은 바이런은 1823년 그리스 독립전쟁에 의용군으로 지원했고, 이듬해 객사했다.

내가 곤궁에 빠져 있을 때, 특히 호주에서 자살까지 시도했을 때, 바이런의 시는 나의 상처를 많이 아물게 했다.

프랑스
아를-파리

여행할 때에는 제각기 다른 빛깔을 느낄 줄 알아야 한다.

-루이스 멈퍼드

　환자라는 것을 까맣게 잊고 쏘다닌 것은 다행한 일이지만, 그래도 쇠잔해진 몸을 좀 다스려야겠다는 생각이 들었다. 내가 좋아하는 고갱이 즐겨 그림을 그렸던 아를에서 한동안 쉬고 싶어졌다. 아를은 프로방스 지방에서도 농산물과 과일이 풍부한 곡창지대로 유명하다.

　아를 역 관광안내소에서 어렵게 한 달쯤 민박할 곳을 구했다. 느긋하게 전원생활을 해보기로 했다. 식품영양학을 전

공한 둘째 딸이 주치의와 상의해 마련해준 메뉴로 한동안 잊고 있던 항암건강식을 챙기기 시작했다. 내겐 꼭 필요한 바나나, 토마토, 양상추, 피망, 견과류, 브로콜리, 고구마 등은 값이 한국의 반도 되지 않았다. 값이 저렴할 뿐 아니라 신선했고, 종류 또한 다양했다(예컨대 토마토의 경우, 붉은색만이 아니라 노란색, 보라색 등 다양했고, 체리토마토, 방울토마토 등 종류가 수십 가지나 됐다). 아열대과일도 예상 밖으로 풍성하게 나를 맞아주었다. 어시장에는 등푸른 생선이 여러 종류 있었고, 의외로 해조류도 많았다.

프로방스 요리에서 빼놓을 수 없는 것이 올리브유와 해바라기유, 그리고 바질, 민트 등의 허브다.

요리책을 보고 아를레지엔느의 요리법을 익혔다. 프로방스의 유명한 요리로는 라타투이ratatouille가 있다. 가지와 주키니, 토마토, 그리고 빨강, 노랑, 초록의 피망을 잘게 썰고, 양파, 당근과 함께 올리브유를 듬뿍 넣어 볶는다. 양념으로 레몬, 소금, 허브를 넣으면 완성된다. 이 요리는 갓 조리한 것보다 냉장고에 한동안 넣었다 먹는 것이 더욱 별미다.

프로방스 요리는 피망이 많이 들어가는 것이 특징인 것 같다. 피망 빛깔이 줄잡아 일곱 가지는 된다. 그중에서도 자색이 맛도 있고 건강에도 좋다. 오븐에 구워도, 프라이팬에 볶아도 맛있다.

생선요리도 많이 먹는다. 생선과 함께 피망과 당근을 잘게 썰어 넣고, 타임이나 페넬, 차이브 등 허브류를 뿌려 익힌 다음 토마토나 감자를 버무리는데, 보기만 해도 퍽이나 먹음직스럽다. 레몬즙에 찍어 먹으면 더욱 맛있다.

지중해에 가까운 남프랑스는 물론 이탈리아, 스페인 남부 요리의 공통된 특징은 야채와 생선, 조개류를 많이 사용하고 반드시 올리브유를 가미하는 것이다. 튀기거나 크림을 사용한 요리는 별로 없어 암환자인 내게는 맞춤한 식단이다.

현지사람들에게 몇 번 저녁 식사 초대를 받았다. 그중 집주인인 뮐러 여사의 요리가 내 입에 꼭 맞았다.

중학교 교사인 오십 대의 여사는 치과의사인 남편과의 사이에 사 남매를 두고 있는데, 파리에 사는 둘째 아들의 결혼을 앞두고 아들과 약혼녀를 초대해 성대한 파티를 열었다.

밀러 여사는 "축하 만찬이라기보다는 소박한 일상 음식"이라고 겸손하게 말했다. 손수 만든 요리는 생선수프soup de poisson와 라타투이, 그리고 야채샐러드. 간단한 식단이었다. 생선수프 하면 마르세유의 명물 부야베스bouillabaisse를 연상하는 이도 있겠지만, 아를식은 마르세유식만큼 호화로운 재료를 사용하지 않고 붕어, 농어를 주로 사용한다. 거기에 당근, 토마토, 양파, 리크 등을 썰어 넣고, 펜넬, 사보리, 월계수잎, 사프란 등으로 맛을 낸다. 손이 많이 가는 특별요리다.

손님을 초대해 대접하는 식사에서 맛 외에 중요한 것은 어디서, 무엇을, 누구와, 어떤 '셋업set-up'으로 즐기느냐 하는, 이른바 연출이다. 그런 점에서 이곳 프로방스는 거의 어느 집에나 아름다운 정원과 포치가 있어 제격이다. 손님을 초대했을 때에는 대체로 정원에서 만찬을 즐기고, 계절과 기분에 따라서 테이블보의 빛깔도 다양하게 바꾸며, 식기도 특이하고 다채롭다.

인구 천여 명 남짓한 작은 마을 에가리에르에 사는 지제르와 그녀의 모친이 나를 만찬에 초대했다. 내게 그림을 선물받고는 감사의 뜻으로 자리를 마련한 것인데, 그날 저녁은 그야말로 '완벽한 프로방스풍'이었다.

저택 앞뜰에는 제라늄, 민트 등 향내 짙은 허브와 형형색색의 꽃들이 흐드러지게 피어 있었다. 정문에 들어서자마자 허브 향에 감싸였다. 아니, 흠뻑 젖는 느낌이었다.

케이팝K-POP을 열광적으로 좋아하는 지제르는 케이팝 다음으로 허브를 좋아한다 했다. 요리는 물론, 샴푸나 화장품도 들꽃으로 직접 만들어 쓰는 특이한 취미가 있었다. 지제르는 그날 밤 테이블에 오렌지색 꽃무늬가 그려진 프로방스식 테이블보를 깔았다. 접시 등 모든 식기는 초록색이었다. 은근하게 취할 것 같은 색의 콘트라스트. 그것만으로도 만점짜리 연출이었다.

"부알라! 본아페티(자, 어서 드세요)."

주로 지제르가 손수 만들었다는 그날 밤의 요리는 야채수프soupe au pistou, 마늘빵, 이곳 특유의 컬러풀한 야채와 허브로 만든 샐러드, 올리브향 짙은 염소치즈. 디저트로는 정성스레 만든 프루트칵테일에 민트를 곁들였다.

작열하는 햇살, 무지개 핀 하늘, 유연한 푸른 언덕, 자연을 즐기는 느긋한 삶, 올리브나무 숲, 허브, 라벤더, 승마, 흩어져 있는 로마 유적. 프로방스 하면 떠오르는 것들이다. 그중에서도 '느긋한 삶'은 파리나 북부 여러 도시들에 있어서는 동경의 대상이다.

한때는 유럽의 부자들이 칸이나 니스, 코트다쥐르 해변에서 으레 휴가를 즐겼지만, 해안의 자외선이 노화를 촉진하고 암을 유발하기도 한다는 보도가 빈번해지면서 '힐링 투어'로 요즘 프로방스가 각광받고 있다고 한다.

'느긋한 삶'이라고는 하지만, 아침 일찍 산책을 하다보면 프로방스 사람들은 퍽 부지런하다. 아침나절부터 농부들이 밭에 나와 일하고, 과일, 야채 시장 등도 새벽부터 열린다. 대신 지중해지방에 끈질기게 남아 있는 긴 점심시간과 시에스타(낮잠 습관)가 이곳에선 한결 더 철저한 듯하다.

느긋한 삶과 부지런함을 버무린 프로방스의 남자들은 지제르가 비아냥거렸듯이 멍청하다고 느낄 만큼 덤덤하다. 호랑이도 제말 하면 온다더니, 그때 마침 밀러의 둘째 아들 베네딕트가 약혼녀와 함께 등장했다. 그들이 테이블 앞에 앉기 무섭게 뮐러 여사가 물었다.

"아니, 어떻게 이렇게 예쁜 파리지엔느한테 프러포즈를 했지? 너 같은 시골뜨기가……."

그는 서슴지 않고 이렇게 응수했다.

"프로방살provençal(프로방스 남자)은 마음에 드는 여자가 나타나면 돈키호테처럼 막무가내지요. 파리지엥 시늉도 냈다니까요. 일단……."

베네딕트가 길게 늘어놓으려 하자 뮐러 여사가 재치 있게 끼어들었다.

"파리지엥과 차별되는 프로방살만의 비결은 없어?"

"그건 비밀인데……. 간단히 말하면 이래요. 파리지엥은 복잡한 매너와 감언이설을 늘어놓으며 접근하지만, 프로방살은 기분 좋게 다가가며 진심을 보인달까. 가벼운 선물공세도 하고요."

"그 점에 있어서는 세계 공통이지. 무엇을 선물하느냐가 다르지."

"실은…… 치즈, 토마토, 피망, 포도주를 선물했어요!"

한참 살다보면 그 어디든 정이 들게 마련이다. 아를에는 한 달쯤만 묵고 떠날 예정이었으나 다정한 이웃들이 늘어났다. 특히 한지붕 밑에서 이웃하게 된 한 모로코인과도 사귀게 되었다. 이번 여름은 내내 이곳에서 묵기로 했다.

'내 영어는 셰익스피어의 아랍어'라고 자칭하는, 나이가 서른 남짓인데도 덥수룩하게 수염을 기른 이 친구는 모로코의 한 수쿠(시장)에서 루이뷔통이나 샤넬 등 프랑스 유명 브랜드를 팔고 있어, 틈만 나면 즐겨 이곳을 찾는다 했다. 키가 크고 두상이 작은 데다 손발이 긴 외관은 얼핏 유럽인 같지만, 밀크코코아색 피부와 반골이 전형적인 아랍인이다. 아몬드 같은 큼직한 눈과 카이젤 콧수염은 어딘지 모르게 노스탤지어를 느끼게 하는 매력도 지니고 있다. 거기에다 프랑스 명품 상인답게 의상과 소지품도 깔끔하다. 이따금 모로코풍의 잿빛 젤라바(모로코 남자들이 입는 전통의상)를 입고 이브 생 로랑의 실크 스카프를 걸치고 나면 흡사 모델 같다.

그의 이름은 모하메드인데 모로코인 중 이 이름을 가진

이가 많아서 우리는 애칭으로 무스타파라고 불렀다. 그는 동성애자다. 지금은 아니라고 극구 부인했지만 최소한 바이섹슈얼인 것만은 틀림없는 것 같아, 방에서 단둘이 만나는 것은 피했다. 그걸 눈치챘는지, 무스타파는 곧 한 여자와 결혼하게 된다고 애써 변명했다. 신붓감은 프랑스인과 베르베르인의 혼혈이지만 거의 백인에 가깝다고 자랑했다.

며칠 후, 무스타파는 약혼녀 니사와 함께 셋이서 프로방스를 여행하자고 했다. 니사가 프로방스의 여행사에서 근무한 적이 있어서 색다른 여행을 즐길 수 있을 거라면서 말이다. 망설이다 응했는데, 그의 말대로 길이 남을 여행이었다. 나는 이 여행에서 프레데리크 미스트랄Frédéric Mistral을 만났다.

미스트랄은 프로방스의 모든 것을 상세히 노래한 시인이었다. 일찍이 그의 대표작 「미레유Mirèio」를 읽고 큰 감동을 받았는데, 이번에 그가 묵었던 방에서 숙박할 수 있는 행운을 얻었다. 호텔 이름은 '노르 피뉘Nord Pinus'. 객실이 마흔여덟 개나 되었는데 니사 덕분에 미스트랄이 자주 묵었던 단골 방에서 묵게 되었다.

높은 천장에 상들리에까지 달린 제법 널찍한 방이었다. 호화로운 경대와 가구, 19세기풍의 분위기 속에서 느긋하게 이틀이나 지냈다. 침대가 너무 낡아 결코 편안하지는 않았지만 잊지 못할 추억으로 남아 있다.

이 호텔의 창업자는 문학과 미술을 무척이나 좋아했던 사람으로, 이름 있는 화가나 시인을 곧잘 초대해서 연회를 즐겼다 한다. 초빙되어 묵고 간 예술가들의 명단을 보니 대단했다. 장 폴 사르트르, 시몬느 드 보부아르, 쥘 로맹, 귀스타브 플로베르, 장 콕토, 피카소, 에디트 피아프, 이브 몽탕 등 거장들의 이름이 눈에 띄었다.

호텔은 '포룸'이라고 부르는 로마시대 광장에 면해 있고, 호텔입구에는 수염이 덥수룩한 미스트랄의 동상이 세워져 있다. 『미레유』 출간 50주년을 기념하여 1909년에 세운 것이었다.

호텔에서 도보로 십여 분이면 걸어갈 수 있는 민속박물관 뮈제옹 아틀라탕Museon Arlaten을 방문하게 된 것도 큰 소득이었다. 이곳은 1904년 미스트랄이 노벨문학상을 수상하여 그 상금 전액을 던져 지은 것으로, 미스트랄 자신이 이 박물관을 '내 생애 최후의, 그리고 최후의 작품'이라고 불렀다 한다. 그가 프로방스어의 우아함과 소중함을 보존하기 위해 평생을 골몰해 엮은 『펠리브리지의 주옥珠玉』에 관한 자료들이 잘 보관되어 있는, 민속학의 보고寶庫였다.

호텔을 애써 추천해준 니사에게 각별히 감사의 뜻을 표하고, 무스타파와도 작별했다. 중세 수도원의 폐허가 있는 몽마주르를 지나, 알퐁스 도데의 풍차가 있는 퐁비에유에 들렀다.

그 뒤 레보드프로방스에 들렀다. 고흐가 한동안 묵었던 요양원을 둘러보았다. 그 주변에는 고흐가 즐겨 그렸던 방풍림이 마치 병풍처럼 여전히 무성했다.

역사학자 루이스 멈퍼드는 유럽의 오랜 도시들을 가리켜 "붉은 시에나, 흑과 백의 제노바, 회색의 파리, 금빛 베네치아"라고 했다.

시에나의 지붕들에는 아르노 계곡의 테라로사로 구운 붉은 기와를 얹어놓았기 때문에 도시 전체가 붉은 빛깔로 가득하다. 그래서 흔히들 이 도시를 온통 '붉은 도시'라고 일컫는다. 제노바의 공공건물은 벽면에 라구리아 산록에서 풍부하게 채취되는 흰 대리석과 검은 대리석을 붙여놓았는데, 이 도시 전체의 분위기도 명암이 버무려져 있다. '꽃의 도시' 파리는 오히려 붉은빛이 아니라 오랜 도시답게 가라앉은 잿빛 분위기가 느껴진다. 베네치아에 산재한 사원의 첨탑과 돔은 얼핏 푸르스름해 보이지만 석양 무렵이면 온통 금빛으로 휘황하다.

멈퍼드는 파리를 잿빛으로 보았지만, 나는 곧잘 와인빛으로 느끼곤 한다. 파리 빅토르 위고 거리의 어느 카페에서 루즈빛 와인에 흠뻑 취해 있는데, 갑자기 온 카페가 붉은빛 조명으로 바뀌었다. 샹송가수가 앞가슴이 다 드러나 보일 정도로 아슬아슬한 진홍빛 이브닝드레스를 걸치고 사랑의 추억을 떠올리는 〈붉은 노을〉을 불렀다. 그때 파리는 잿빛이 아닌 진홍색이었다.

아마존 강의 흐름을 따라

페루의 안데스 북녘으로 올라가면 산줄기는 차츰 녹색으로 바뀐다. 이 일대는 일찍이 케추아족이 잉카 제국의 기반을 닦았던 고장이다. 나는 아마존 강의 원류가 흐르는 필코파타를 탐색하기 위해 쿠스코에서 '포셋' 항공사의 경비행기를 타고 파우칼탐보 근교의 간이비행장에 내렸다. 쿠스코에서는 스웨터를 몇 겹으로 입고도 추워서 제대로 잠을 이루지 못했는데, 이곳은 우리나라의 삼복더위를 무색케 하는 찜통이었다.

파우칼탐보를 거쳐 필코파타로 가는 길은 안데스 산맥의 동쪽 사면斜面으로 저지대의 매캐한 습기가 산허리를 따라

피어오르기 때문에 다습한 안개가 자욱하다.

운 좋게도 미국 학생탐험대가 묵고 있는 하나밖에 없는 캠프에서 가까스로 텐트를 하나 얻어 자는 둥 마는 둥 하다가, 그들 일행에 끼어 '란차'라는 작은 배에 탑승하는 행운을 얻었다. 아마존 상류를 따라 원시의 밀림을 누비는 모험이 시작되었다. 이 강줄기는 '알토 마드레 데 디오스(상성모강)' 라고 부르는데, 제법 물살이 센 격류였다. '알토(상류)'인 탓으로 밑바닥이 다 보일 정도로 물이 맑았다. 삐죽삐죽 솟아오른 괴석에 급류가 부딪칠 때마다 희뿌연 물거품이 피어오르는 광경을 보면서 나는 새삼스레 탐험하고 있음을 실감했고 '미개未開 속의 행복'을 이해할 수 있을 것만 같았다. 급류에 밀려 배가 바위에 부딪칠 뻔할 때면 오싹 겁이 났다.

아찔해질 때마다 느긋하게 뒤에 앉아 모터보트를 재치 있게 조종하는 텁수룩한 수염의 인디오 사공이 듬직해 보여서 마음이 한결 놓였다.

강폭이 차츰 넓어져 오십여 미터에 이르자 오히려 배는 속력을 높이고 있었다. 급류에서는 속도를 더 내는 게 안전하다는 것이다. 강폭은 넓다지만 뜻하지 않은 급류가 휘몰아쳐 금방이라도 배가 뒤집힐 것만 같았다. '알토'에서와는 달리 이곳에서는 강물에 빠지면 몇 분 만에 뼈만 남는다.

아슬아슬할 때면 선주는 "아트라스, 아트라스(뒤로, 뒤로)!"라고 소리 지르기도 하고, 또 어떤 때에는 "프렌테, 프렌테(앞으로, 앞으로)!"라고 소리치기도 했다. 그럴 때마다 우리 일행은 뱃머리로 몰리기도 하고 뱃고물로 물러나기도 했다. 사람의 무게로 균형을 유지하면서 배는 아슬아슬한 위기를 교묘하게 면했다. 란차로 하루에도 몇 차례씩 이 강줄기를 오르내리는 사공들은 놀랄 정도로 숙련되어 있었다.

이처럼 위태로운 급류를 용케도 넘어 우리 일행은 강폭이 한결 더 넓은 잔잔한 본류로 흘러들어 갔다. 위기를 함께 겪은 우리들은 서로 얼싸안고 쾌재를 불렀다. 모험여행의 묘미를 새삼 또 느꼈다.

사공은 아마존 본류에 피라니아 떼가 더 많으니 물속에 손이나 발을 절대로 내밀어서는 안 된다고 경고하고는 내 곁으로 다가왔다.

"세뇨르, 수영할 줄 아세요?"라고 웃으면서 겁먹은 내 표정을 물끄러미 쳐다보았다. "포르스푸에스토(물론)." 하고 나는 자신 있게 대답했지만 막상 이런 탁류에 빠진다면 도저히 헤엄쳐 나올 수 있을 것 같지 않다.

강변에는 기암 대신 군데군데 모래밭이 펼쳐지고 밀림으로 뒤덮인 언덕배기 너머로 안데스 연봉이 아스라이 보였다. 잔잔한 수면을 따라 이름 모를 노랑새가 부산하게 노닐고 있었다.

란차는 요란한 모터소리를 내면서 흙탕물로 변한 물줄기를 가르며 질주하더니 이윽고 마을 어귀에 닻을 내렸다. 강변에 모여든 무표정한 인디오들을 헤치며 대기하고 있던 트럭 모양의 간이버스에 몸을 실었다. 금방이라도 그들이 달려들 것 같아 조마조마해하면서……

아마존 오지의 원주민은 우리 겨레와 같은 핏줄(몽골로이드)로, 벌거벗은 아이들의 엉덩이에는 예외 없이 몽고반점인 푸른 멍이 있어 반가웠다. 원시인에 가까운 이들을 눈여겨보면서 문득 향수 같은 것을 느끼게 되었다. 그날 밤에 묵을 '산수야'라는 캠프 어귀에 모여 앉은 원주민들의 모습과 분위기가 우리네 옛 시골풍경과 너무나도 닮아 있었기 때문이다.

다음 날부터 시작되는 본격적인 탐험여행을 앞두고 새삼스레 모험과 여행에 대해 생각해보았다. 안일한 일상에서 벗어나 위험한 여행길에 나선다는 것은 화이트 헤드의 말처럼 어쩌면 '위대한 관념'을 위한 것일 수도 있다. 그의 말대로라면 '인간이 인간답게 살려는 노력이었고, 또한 인류역사가 발전'되기에 이른 것인지도 모른다.

그렇지만 모험이라고 하는 것을 이처럼 확대해석하다보면 자칫 추상화되어 그런 개념이 잘 잡히지 않는 것 같다. 그래서 나는 '관념의 모험'이 아니라 이를 '모험의 관념'으로 고쳐 생각해보기로 했다. '모험이 없는 사회는 멸망한다.'지만 그런 모험의 세계를 어디에서 구하느냐에 따라서 그 사회나 사람의 운명이 결정되는 게 아닐까.

여행은 새로운 생각의 산파다

중동호흡기질환, 메르스의 걷잡을 수 없는 전염으로 온 나라가 공포에 휩싸여 있을 때, 나는 '그녀', 아니 내가 찾던 사랑이 발신지도 밝히지 않고 띄워 보냈던 아라비아 어느 사막에서 읽은 편지글을 떠올렸다.

"모든 질서에서 해방되어 선생님과 함께 치명적인 질환이 득실거리는 사막 속에서 천막을 치고서라도 어느 누구의 눈도 의식할 필요 없이 오직 자연의 섭리에 순응하면서 살아봤으면 하는 허황되기만 한 생각이 거대한, 거대한 일몰^{日沒}과 함께 내 마음을 달굽니다……."

딴은 '이루지 못한 사랑'을 찾아 나섰던 지난번 여행에서 나도 모르게 그 사막을 찾아가, 어쩌면 '그녀'의 허황한 생각에 새삼 공명해보기로 했다.

아라비아 사막의 일몰은 서서히 다가왔지만 밤의 추위는 걷잡을 수 없을 만큼 빨리 찾아왔다. 이윽고 해가 검붉은 지평선으로 내려가면 황갈색의 사막 이랑을 매섭게 후려치는 삭풍 속에 낙타 대열의 무거운 행렬만 눈에 띌 뿐이었다.

차 안인데도 바늘로 찌르는 듯한 추위가 차창을 비집고 들어왔다. '그녀'가 이 사막에 있을 리가 만무한데 왜 이런 가혹한 땅을 찾아왔을까……. 그건 나도 알 수 없었다. 어쩐지 꼭 가봐야만 했을 따름이다.

이런 가혹한 땅에서 어떻게 문명이 탄생했을까……. 인류 역사의 불가사의를 새삼 느끼기도 했다. 문득 지구의 끝에 온 것 같은 침통함에 빠지기도 했다. 지구의 끝일 뿐만이 아니라 이승의 마지막에 온 것 같은 비장함으로 이어지기도 했다.

그 침통한 어둠 속에서 갑작스레 나타났다. 사라져버린 '나의 베아트리체'의 환영, 이곳이 이승의 마지막이자 지구의 끝이더라도 그녀와 함께라면 나는 이곳으로 피신해올 수 있으리라는 생각이 불현듯 일어 가슴이 두근거렸다.

그렇게도 거대한 땅이 허허롭게 비어 있어, 인류의 생존경쟁이나 아귀다툼 따위와는 까마득히 멀고, 마치 절대고독 앞에 대결하고 선 듯한 그 황혼의 여행길에서 나는 진정 되살아났다는 것의 의미는 무엇이고, 한 목숨의 비중이란 과연 얼마만큼에 해당되며, 진정 참사랑은 무엇인가를 곰곰이 헤아려보았다.

괴질환으로 인한 급사를 '인샬라(신의 뜻)'라며 흔연히 감수하는 아랍인들, '메르스'로 어쩔 줄 모르고 허둥댔던 우리의 모습과 견주어본다. 아랍인들의 생활관은 낙천적이라기보다는 어쩌면 허무가 달관에 닿아 있는 듯 보인다. 인간의 의지로 가능한 것의 한계를 이미 체득하고 모든 것을 절대자의 뜻에 맡긴 채 의식주 이외에 다른 욕심을 가지려 들지 않는 이들 유목민들은 맹신적이며 무지하고 몽매하기만 한 것일까…….

조금은 당혹스럽기도 했다. 하지만 '그 절대자' 곧 그들의 신은 영원히 변치 않는 신이다. 그 신은 항상 그들 곁에 임재하고 '승리하는 신'이다. 모든 것을 수렴하고 통일하며 요약하면서 지배하는 절대자다. 그것은 일체의 원점이고 출발점이며 모든 생각의 기점基点이다.

이 몽매의 땅에서 나는 한 가지 신기한 사실을 발견했다. 그것은 종합병원의 이름에 모두 '알리아Alia'라는 접미사가 붙어 있다는 사실이다. '알리아'는 한 아라비아 왕비의 이름이었다고 한다. 일찍이 세상을 떠난 왕비를 잊지 못한 왕이 큰 병원 이름마다 그 아내의 이름을 붙였던 것이 그 연유라고 한다. 얼마나 낭만적인 전설인가. 마치「아라비안나이트」의 신비한 이야기 속으로 이끌려가듯 애처롭고 정겨운 감동을 느끼며 '그녀'를 그리워하면서 사회제도나 도덕에 묶이지 않는 '성性의 자연혁명'을 소망했다.

이루지 못한 사랑을 찾기 위해 길을 떠나왔지만 아무리 헤매어도 사랑을 이룰 수 없었고 아무것도 찾을 수 없었다. 돌아와서야 다만 회한으로 남을 뿐 떠나기 전과는 다른, 또 다른 나를 느낄 수 있었다.

아라비아 사막의 일몰 앞에 서서 나 자신과의 대결의 기회를 가진 것만으로도 너무나 고맙다. 그 허무한 땅에서 나의 사랑을 목이 터지도록 외쳐봤기에 후련하다. 우리가 살아 있는 한 세상의 기존 질서는 어느 곳으로든 우리를 쫓아와서, 우리의 사랑을 몰아내고 마는 것일까? 이 허무하고 황량한 지구의 끝에서 나는 소리 내어 펑펑 울기도 했지만 이제는 '카타르시스 된 나'를 발견한다.

여행은 새로운 생각의 산파다. 새로운 생각은 색다르고, 새로운 장소에서 난다. 여행은 깨우침의 미학이다. 단테의 『신곡』처럼……

표박의 감정, 그리고 과정

여행한다는 것은 일상에서 벗어나는 일이고, 관습에서 탈피하는 일이며, 해방의 기쁨을 만끽하는 일이다. 굳이 해방을 꾀하는 여행이 아니더라도 여행을 하다보면 누구나 자유로워진다.

그러나 삶으로부터 탈출하고 싶어 떠났음에도 그런 느낌이 들지 않을 수도 있다.

여행의 대상으로 사람들이 선호하는 것은 자연이다. 원시적이고 자연스런 인간의 삶이라고 하는 것도 따지고 보면 일종의 '표박漂迫'의 감정이 뒤따른다.

그러니까 여행은 누구나 다소간에 그런 감정에 휩싸이게

만들기 마련이다. 해방도 표박이며 탈출도 표박이다. 바로
여기에 여행의 감정과 속성과 본질이 있다.

표박의 감정은 운동할 때 일어나는 것으로, 여행에서는 이
동하는 일을 통해 일어나는 법이다. 하지만 우리들이 여행의
표박을 심신으로 느끼게 되는 것은 비행기나 기차를 타고 움
직일 때가 아니라 숙소에 돌아와 피로를 풀 때나 여행을 마
치고 집으로 돌아왔을 때이다. 그래서 여행은 돌아와 다시
시작하는 일 같기도 하다.

여행에 나선다는 것은 일상이나 관습 등 안정된 처지를
벗어나는 일이므로 불안이 없을 수 없다. 그런 감정이 표박
의 감정을 일으킨다. 이것은 '멀다'는 느낌 없이는 체험하기
힘든 감정이다. 이런 아스라한 마음이 여행을 여행답게 만드
는 것이다. 그러기에 여행 중에 있어 우리들의 감정은 늘 낭
만적일 수 있다. 그런 감정을 여기에서 다 드러내놓지는 못
했고 다만 표현해보았다. 나머지는 독자의 상상력에 맡긴다.

여행은 과정이고 그렇기 때문에 또한 표박이다. 출발점도,
도착점도 여행이 아니다. 여행은 끊임없는 과정이다. 사랑의

종착역인 섹스만을 성급히 꾀하면 안 되듯 여행도 예정된 행
지만이 중요한 게 아니다.

일상생활에서 우리는 주로 도착점, 즉 결과만을 중요시한
다. 이는 행동이나 실천의 본성이다. 여행도 본질적으로는
관상적觀想的이다. 여행에 있어 나그네는 항상 '보는 이'다. 평
소 실천적인 삶에서 벗어나 순순히 관상적일 수 있게 되는
것이 여행의 특색이다. 여행이 인생에 대해 갖는 의의도 여
기서부터 출발해야 한다.

'어디로부터 와서 어디로 가는가' 하는 것은 인생의 근
본 문제다. 흔히 '여행은 인생'이라고 비유한 것처럼, 우리는
여행을 통해 인생을 배우고 사랑과 죽음을 배워야 한다. 여
행·사랑·죽음은 모두 벗어야만 가능한 일이다.

우리는 어디로 가는지를 모른다. 인생은 미지의 것으로 흘
러가는 표박이다. 우리들의 종착점은 죽음이다. 죽음이 무엇
때문인지 종교적으로 설명하지만 그것은 미지의 것이다. '어
디에서 왔는가'라는 물음은 '어디로 가는가'로 자연스레 이
어진다. 과거에 대한 배려는 미래에 대한 배려에서 나오게

마련이다. 표박의 여행에는 늘 붙잡기 힘든, 붙잡을 수도 없는 '노스텔지어'가 뒤따른다.

여행길에서 만나는 것은 '나' 자신이다. 여행은 인생 밖에 있는 것이 아니라 인생 그 자체이다. '나'를 찾고 제대로 알기 위해서는 '견줌'이 필요하다. 그렇기 때문에 현재의 '나'보다 어려운 경지에 스스로 비집고 들어가야 여행이다.

여행은 수도하듯 '참된 나'를 찾는 길이 되었으면 한다. 안데스나 히말라야, 아마존과 나일 등 어렵고 불편한 삶의 조건 속에서도 여유롭고 행복한 삶을 누리고 있는 사회를 통해 '나'를 찾아보고 싶고, 올바른 사생관死生觀을 갖고 싶다.

한동안 호들갑스러웠던 '메르스' 파동에서 자기의 안위만을 생각한 채 병원을 무차별적으로 돌아다니던 환자들을 보며, 요즘 폭발적으로 늘어나는 해외여행 붐이 이런 그릇된 자기 위주의 도덕관에서 벗어나는 데 일조가 되기를 바랐다.

나는 그동안 과학기술의 뒤떨어짐이나 전달수단의 악조건 속에서도 제대로 완결된 인간의 세계를 보았다. 밀림이나 오지로 들어가면 갈수록, 거기서 내가 체험한 것은 있는 그대로의, 주어진 본연의 모습이었다. 앞으로 또 이런 색다른 감정 여행기를 쓸 기회가 주어진다면 바로 이 교차점을 찾아 나서게 될 것이다.

안녕만이 인생

풍덩 찬물 속에 잠겨 있다가 아픔을 딛고 홀로 여행길에 나섰을 때의 그 미묘한 동요를 기억한다. 살려고 발버둥 치는 마음을 주인인 내가 뒤늦게 깨달았을 때의 그 미안함도.

인간뿐 아니라 모든 생명체는 죽음과 되살아남을 일정한 리듬으로 되풀이하고 있다는 생각이 든다. 우주도 '빅뱅'이라는 대폭발, 즉 죽음 이후에 다시 비를 내리고 바다를 이루어 생명을 탄생시키지 않았던가. 그 행성의 생명체가 천천히 늙어 마침내 종말을 고하게 되는 것은 지극히 자연스러운 순서일 것이다.

눌라보 황야에 느닷없이 소소히 바람이 불어왔다. 봄답지가 않았다. 어차피 꽃샘추위라면 함박눈이라도 실컷 쏟아지면 좋겠다 싶었다.

인적 드문 호젓한 스노이 산맥 오지에서 지난날의 뒤틀림을 추슬러본다. 오래된 아픔과 결핍을 다독이며 세계 도처의 파노라마를 떠올려본다.

외로움이 지나쳐 괴로움이 된 마음의 폐가에 느닷없이 누구라도 찾아왔으면 싶었다. 모국어로 인사말이라도 나누고 싶었다. '침묵은 금'이라지만 말하고 싶었다. 사랑하고 싶었다. 사람 냄새가 그리웠다. 포동포동한 살덩이의 탄력과 살 냄새가 그리웠다.

봄의 전령인 자카란다가 활짝 꽃을 피워 진다바인을 온통 보랏빛으로 물들였다. 서울 윤중제의 벚꽃놀이가 그리웠다. 어느 시조의 종장이 문득 떠올랐다.

벚꽃에 비바람 부니
안녕만이 인생이다

내렸다 그치기를 반복하는 봄의 시샘도, 소용돌이치는 꽃샘 회오리도 객창에 기대서서 바라보노라면 어느새 그리움으로 바뀌었다. 듬성듬성 지기 시작하는 창밖의 자카란다 꽃무덤을 바라보면서 멍해지기도 했다. 앞으로 몇 번이나 이 자카란다의 계절을 만날 수 있을까, 궁금해졌다.

'앞으로 몇 년이나?'라는 식으로 막연하게 생각해볼 때면 내 죽음이 멀지 않은 것도 같았다. 잘은 몰라도 '얼마 안 남았다'라는 막연한 생각(딸들에게는 삼 개월 시한부 인생으로 선고됐다)에 연금도 일시불로 받아 입원비 등 급한 불을 껐고, 남은 돈으로 세계를 여행한 끝에 이곳 진다바인에 둥지를 틀었다. 그런데, 앞으로 얼마나 더 살 수 있을까?

죽음을 확실히 의식한다는 것도 중요한 일이라고 생각한다. 무한한 가능성이 존재하지 않듯 무한한 수명 또한 존재하지 않는다. 바로 그렇기 때문에 인생은 흥미로운 것이다. 이런 생각도 내가 여행에서 얻은 소득 중 하나다.

그렇게 생각해보면 우리 인간은 평소 너무나도 대수롭지 않게 사물을 보아 넘기며 살아간다. 물리적인 시간은 일정하지만 시간을 대하는 각자의 방식에 따라 그것은 늘어나기도 하고 줄어들기도 한다는 것 역시 여행을 통해 배웠다. 한순간이 영원이 될 수도 있고 하루가 일 년이 될 수도 있다. 여행 중에 즐겁고 행복했던 순간을 음미할 때마다 그것을 실감하곤 한다.

여행을 하면서, 그리고 돌아온 후 이를 반추하면서, 나는 나의 남은 시간에 대해 별로 신경을 쓰지 않게 되었다. 흐름에 맡기기로 했다. '세상은 내 뜻대로만 되는 것은 아니다.' 이렇게 마음먹고 나자 마음이 그렇게 편할 수가 없다. 자연을 '따른다' 또는 자연에 '맡긴다'는 것에 엄청난 힘이 숨어 있다는 것도 노경老境에 접어들어서야 알게 되었다.

이제야 또 하루가 다가오면 어떤 일이 기다리고 있을까 기대를 가져본다.

우리는 늘 어디론가 떠나고 싶은 충동에 시달리지만 '아직은' 하고 망설이다 주저앉고 만다. 시인은 늘 단테 같은 사랑의 대서사시를 쓰고 싶어하지만 감히 기필起筆하지 못한다. 천 리 길도 한 걸음부터 시작하는 것임을 짐짓 알면서도 막상 결심하고 첫발을 내딛기가 어렵다. 그러나 결심을 해야 한다. 어디로 떠나야 할지 알 수 없을 때, 그때가 가장 여행다운 여행을 시작할 때다.

여행이 내게 가르쳐준 것

앞으로 얼마나 많은 여행을 할 수 있을까. 이제까지의 여행을 통해 나는 과연 무엇을 배웠을까.

내 여행벽癖을 살펴온 이는 내가 지구를 열댓 바퀴쯤 돌았을 것이라고 한다. 실은 그보다 더 많이 돌아다닌 것 같다. 고산병으로 피를 쏟아가면서 고대유적과 오지를 누비는 불굴의 정열에 경이를 표하면서도 왜 죽음을 무릅쓰면서까지 여행을 하느냐고 묻는 이들이 많았다.

좁쌀만 한 삶의 여항을 굽어보다가 고산에 올라 끝없는 하늘을 우러러보면 하늘이 유난히도 푸르게 다가온다. 산의 연봉은 차분히 위엄이 넘치고, 푸른 숲은 생명으로 가득하다. 계속 바라보면 뭔가에 취한 듯 몽롱해진다. 그러다 문득 또렷한 생명의 빛 같은 것을 보게 된다. 눈물이 걷잡을 수 없이 쏟아진다. 슬퍼서가 아니다. 환희다. 베토벤의 교향곡 제9번 〈환희의 송가Ode an die Freude〉처럼, '프로이데!' 곧 기쁨이 용솟음친다. 눈앞으로 다가온 죽음을 느낄 때, 아니, 의식할 때, 삶은 이렇게 강하게 다가온다.

삶이란 무엇이고 산다는 것은 또 무엇일까. 자신의 의지와는 관계없이 태어나, 자신이 원하든 원하지 않든 어딘가로 향할 수밖에 없는 것. 그것이 삶일까.

나는 내 뜻대로 태어날 수 없었듯이 내 뜻대로 죽을 수도 없다. 생각해보면 교수나 문인이 된 것도, 만년에 화가가 된 것도 내 의지가 아니었다. 다만 어떤 불가항력적인 힘에 떠밀려 그 흐름에 몸을 맡겨왔을 뿐이다. 지금 삶을 이어가고 있는 것도 내 의지에 의한 것은 아닌 듯싶다. 나는 '살아지고' 있다. 저 들판에 흐드러지게 피어 있는 풀과 꽃, 길바닥에 굴러다니는 돌멩이처럼, 살아가도록 만들어진 것이다.

그렇다. 나 아닌 무엇인가의 힘에 의해 삶이 영위되고 있다고 생각하는 쪽이 오히려 편할지도 모른다. 내 삶은 좀처럼 내 뜻대로 이루어지지 않았으니 말이다. 소극적이고 비사교적인 성격 탓도 있겠지만 유난히 좌절과 고독, 고뇌가 끊이지 않았다. 유복자로 태어나 모진 세파와 병고 속에서 '생활'하기보다 '생존'해왔고, 이는 산수傘壽를 넘긴 지금도 다를 바 없다. 하지만 이런 운명 덕에 나는 곧잘 여행자일 수 있었다.

인생이란 무상이고, 삶이란 유전流轉일 뿐 아무것도 아니라는 생각이 들 때마다 나는 여행길에 올랐다. 그리고 그때마다 삶의 빛이라고나 할까, 보람이라고 할까, 그런 것들을 내 나름대로 맛볼 수 있었다. 고난을 이겨내는 힘과 이에 수반되는 노력 같은 적극적인 자세는 갖추지 못했지만 여행을 통해 일체의 존재에 대한 긍정적인 자세가 어느 사이엔가 내 정신의 밑바닥에 자리 잡게 된 것이 아닐까, 그것이 나를 살아가게 한 것이 아닐까, 그렇게 여기고 있다.

난치병을 부유浮遊로 극복했듯, 지금도 나는 모든 것을 흐름에 맡기며 유유자적 살아가고 있다. 내 삶이 어디로 이어질지는 여전히 물음표투성이지만 온 힘을 다해 성실히 살아가고 싶다. 가급적 아름답게 마무리하고 싶다. 그것이 내가 여행을 통해 배운, 내가 노쇠한 몸을 부지하며 힘겹게 살아가는 유일한 의의라고 생각한다.

전규태

연세대학교 국문학과 및 동 대학원을 졸업했다. 연세대 교수, 하버드대, 컬럼비아대, 시드니대 교환 교수를 지냈으며, 오스트레일리아 국립대 교수로 오년간 한국학을 강의했다. 동아일보 신춘문예 문학평론으로 등단한 문인이자, 한일 비교문화 연구가로 왕성하게 활동하며 현대시인상, 문학평론가협회상, 모더니즘문학상 등을 수상했고, 국민훈장 모란장, 국가공로자 서훈을 받았다. 저서로 『한일 문화의 비교』, 『한국시가연구』 등 다수, 역서로 다자이 오사무의 『달려라 메로스』, 『여학생』 등이 있다.

전규태의 산문집 『단테처럼 여행하기』는 삼 개월 시한부 인생의 췌장암 선고를 받고 전 세계를 여행하면서 죽음을 극복한 이야기가 담겨 있다. 암을 선고받은 그에게 남은 인생은 고작 삼 개월이었다. 의사는 차라리 좋아하는 여행을 하며 객사하는 것이 나을 것이라 조언했다. 열두 살에 어머니를 찾아 만주 다롄으로 떠난 것이 그의 첫 여행이었다면, 이번 여행은 인생의 끝에서 떠나는 마지막 여행일 터였다. 어쩌면 죽음 이후의 긴 여행에 앞선 짧은 여행일지도 몰랐다. 파리, 베를린, 본, 뮌헨, 함부르크, 암스테르담, 프라하, 부다페스트…… 화구 하나 들쳐 메고 전 세계를 종횡무진한 그의 여행길은 삼 개월을 넘어 어느덧 십여 년간 계속되었다. 그 풍요로운 고독 속에서 그는 생명이 어떻게 죽음을 이기는지, 마음이 어떻게 몸을 지배하는지 체험한다.

반짝이는 문학적 감수성과 삶의 깊은 부분까지 꿰뚫는 그의 통찰은 여행의 숨결이 가득한 잠언적 아포리즘을 남겼다. 죽음 앞에서 그 누구보다 더욱 명료하게 인식할 수 있었던 사랑, 사람, 그리고 삶이 어떤 결정結晶을 남겼는지, 그의 발길을 따라가며 아름다운 삶의 편린들을 헤아려볼 수 있다.